KB069835

죽은 눈의 소녀와
분리수거 기록부

분리수거 기록부

소녀와

죽은 눈의

손지상 장편소설

네오픽션

차

례

I

중년 누드 발레리노와
쓰레기 수집 스토커

1

누드.

발레.

난장판.

죄다 최악.

하나하나 최악.

뇌내 법정이 마동군의 머릿속에서 열린다.

　재판장: 원고 측 변호하세요.

검사: 재판장님, 현관문 안으로 들어가자마자 목격한, 이 인간 꼬락서니는 비상식적입니다.

변호사: 이의 있습니다. 그래도 몸이 마치 살아 있는 조각 같고 움직임도 예술이지 않습니까? 큰 키, 근육질 몸, 뚜렷한 이목구비, 깔끔한 콧수염과 턱수염. 이 모든 요소로 미루어 봐도, 장성한 아들이 있다고 믿기 어려울 정도로 잘 관리한 중년이지 않습니까? 그런데 어떻게 비상식적이라 할 수 있습니까? 빨래판 같은 복근을 한번 보시라고요.

재판장: 일리 있군요. 그런데 뭐가 문제지요, 검사 측?

검사: 판사님, 피고인 복근이 빨래판인지 변호인이 어떻게 알겠습니까? 피고인은 다 벗고 있습니다. 올 누드로 아들을 맞이하고 있습니다.

재판장: 사형.

누드. 발레. 쓰레기장. 그리고 아버지.

마동군은 쓰레기와 잡동사니로 난장판인 거실 한가운데에서, 누드로 발레를 하는 중년 남자가, 7년 만에 만나는 자기 아버지라는 사실을 받아들이려고 노력했다. 그러나 이딴 식의 7년 만의 재회를 이성으로 이해할 만큼 마동군은 마음이 풍요롭지 못했다.

2

새로봄안경원의 커다란 쇼윈도로 황금빛 노을이 쏟아져 들어와 안을 가득 채운다. 노을빛이 진열대 속 안경테를 하나하나 어루만진다. 은은한 음악도 지지 않으려고 부드럽게 물결친다. 토라진 아이를 달래듯, 따스한 분위기가 진열대 옆 테이블을 둘러싸며 앉아 있는 두 사람을 간지럽힌다.

그러나 덩치 큰 남자와 작고 날씬한 여자는 아무 반응이 없다. 둘은 대화 한마디도 없이 서로 다른 방향을 향해 퉁명스레 앉아 있다. 마치 오래된 부부나 남매가 한참 티격태격 입씨름하다가 소강상태에 접어들었을 때 같은 불편한 분위기다. 윤수지가 커피를 내온다. 유리 테이블과 커피잔 받침이 부딪쳐 맑은 소리를 내며 울린다.

윤수지가 말했다.

"자, 휘핑크림이랑 시럽 잔뜩 넣은 윤수지표 스페셜 캐러멜마키아토."

날씬한 여자, 성지은이 무표정하고 차가운 얼굴로 커피잔을 받는다. 그리고 입에 물던 막대사탕을 빼내 휘핑크림 언덕에 찍어 맛을 보았다. 성지은의 입꼬리가 살짝 올라간다.

"자, 동글이도 커피."

"고마워요, 누나."

커다란 머그잔에는 휘핑크림 산이 성지은의 것보다 더 높이 솟았다.

덩치 큰 남자, 마동군에게 곤란한 기색이 엿보인다. 그러면서도, 아무 말 못 하고 커피잔을 받아들었다.

마동군이 티스푼을 들고 머뭇거린다.

"왜? 부족해? 우리 동글이, 휘핑크림 더 얹어줄까?"

"네?"

샤카샤카샤카, 하고 휘핑크림 통을 흔든 윤수지가 산 위로 더 높은 산을 쌓아올린다. 그 모습을 바라보고 표정이 가라앉은 마동군이 뒤늦게 대답한다.

"네."

실은 마동군은 단 음식이나 느끼한 크림을 별로 좋아하지 않는다. 과거에 식단 조절을 오래한 탓에 몸에 밴 버릇이다. 이제는 할 필요 없어도 버릇이 흔적으로 남아 있는 모양이다.

살짝 한숨을 내쉰 마동군이 눈을 감고 휘핑크림을 티스푼으로 떠서 입에 넣는다.

"윽."

그사이 성지은 뒤로 윤수지가 의자를 끌고 가 자리를 잡는다.

"지은아, 하던 거 마저 하자."

"응."

윤수지가 작업을 재개한다. 성지은은 모든 것을 내맡긴 표정으로 눈을 감고 가만히 앉아 있다. 성지은의 가족이 보면 놀라서 이 순간을 사진으로 남기려 할 것이다.

마동군은 테이블 위에 펼쳐놓은 문제집에 집중했다.

한참 시간이 흐른 뒤, 성지은이 입을 열었다.

"이야기해줘. 여기에. 다시 스크랩해두게."

항상 말꼬리를 스타카토로 잘라 매번 마침표를 찍는 성지은이 관자놀이를 손가락으로 가리켰다.

마동군은 고개를 좌우로 저었다.

"전에 했잖아."

"또 해줘."

이를 앙다문 채로, 성지은이 대답한다. 입꼬리가 불퉁하게 처질 만큼 살짝 벌어진 도톰한 입술 사이로 막대사탕을 문 '상어 이'가 보인다. 한번 물면 놓지 않는 상어를 닮았다. 치열도 고르고 이가 꽉 들어차 있어, 상어의 이빨처럼 뾰족뾰족하고 빽빽한 느낌을 준다.

"싫다니까?"

마동군이 고개를 돌려 성지은을 보았다가, 눈이 마주쳤다. 성지은은 미동도 없이 빤히 쳐다보며 기다린다. 성지은의 시선이 부담스러워, 마동군은 눈을 돌렸다.

인형처럼 커다란 외꺼풀 눈. 광채 잃은 눈동자.

마동군이 처음 이 눈을 보았을 때는 성지은이 세상을 포기하다 못해 경멸하는 사람처럼 느껴졌다. 얼마 지나지 않아 경멸이 아니라 호기심과 고집이 담겨 있다는 사실을 알게 되었다. 눈이 어두워 보인 이유는 그저 편견 없이 모든 빛과 색을 받아들여서였다. 새까만 우물 속 물도 손으로 떠 받아보면 깨끗하고 맑다.

"왜 피해."

성지은이 툭 던진 말에 마동군은 생각에서 벗어났다.

"네가 빤히 쳐다보니까 그렇지. 죽은 동태 눈깔, 빨리 앞머리 내려. 맨날 눈 가리고 다녔잖아. 오늘따라 무슨 바람이 불어서."

"지은이 오늘은 예쁜 이마랑 눈 안 가릴 건데?"

윤수지가 성지은의 뒤에서 살짝 고개를 내민 채 미소 지으며 말했다. 말투가 나긋나긋 조곤조곤해 자장가처럼 들렸다.

"오늘은 우리 지은이 예쁘게 머리 땋을 건데? 그치, 지은아?"

"응."

신기한 일이야, 마동군은 생각했다.

자기 몸에 다른 사람이 닿는 것을 극도로 경계하는 성지은이 윤수지가 빗으로 머리를 빗겨줄 때만큼은 얌전하다. 허리까지 내려온 해초 같은 반곱슬머리를 대충 묶고, 앞머리도 흩어놓아 남들이 부담스러워하는 눈을 가린 게 성지은의 평소 모습이다.

빗질을 마친 윤수지가 이번에는 테이블 위 스마트폰으로 동영상을 보면서 성지은의 머리를 땋았다.

성지은은 포기를 모르는 여자다.

"그냥 넘어가려 하지 말고. 이야기해줘."

"안 할 거라니까."

"무슨 이야기인데 그래?"

윤수지가 묻는다.

"7년 만에 일본에서 돌아온 날, 아버지와 아버지 스토커를 만난 날 이야기요. 쓰레기 분리수거할 때 같이 내다 버리고 싶은 기억이에요."

마동군이 대꾸했다.

"뭐래. 'G. I. G. I.'라는 말 몰라?"

성지은의 말을 마동군은 모른 척 무시했다.

설명을 길게 늘어놓는 버릇이 있는 성지은은 눈치만큼은 없어서 마동군이 듣기 싫어하는 줄도 모르고 이야기를 시작했다.

"컴퓨터 용어. 가비지 인, 가비지 아웃. 쓰레기를 입력해봤자, 쓰레기만 출력되는 거. 입력 골라 넣는 거, 본인이 하는 거 아냐? 본인이 평소 부정적인 생각을 '스크랩'하니까 남는 게 그런 거밖에 없는 거. 일체유심조. 모든 거 다 마음먹기에 달린 거. 부정적인 생각은 머리에 '스크랩'할 게 아니라, 폐차할 때 쓰는 '스크랩'처럼 박살 내서 버려야 해. 같은 스크랩이라는 단어라도, 의미를 어떻게 부여하는가에 따라 달라지는 거."

"아, 예, 예. 이제 그만하지?"

"사전적 정의만 봐도 알 수 있어. 스크랩의 첫 번째 뜻은 조각, 동강, 단편."

"안 물어봤다."

"예문만 봐도 다양해. a scrap of paper. 종잇조각. a few scraps of news. 몇 가지 단편적 뉴스. a scrap of an infant. 철부지 어린애."

"잠깐, 잠깐. 걸어 다니는 사전님, 네가 사전을 통째로 외울 정도로 똑똑한 건 아는데 아까 뭐라고 했지? 스크랩 오브 인펀트?"

"역시, 일본식 발음."

"미안하다, 그렇게 배워서. 일본서 오래 살아서 그런 걸 어쩌라고."

"a scrap of an infant."

"무슨 뜻이라고?"

"철부지 어린애."

"딱 너네."

"다음 예문이 딱 지금 상황인데."

성지은은 짜증스레 고개를 돌리는 마동군을 무시하고 말을 이었다.

"She didn't care a scrap."

"뭐라고?"

"그녀는 눈곱만큼도 개의치 않았다."

"끙."

"두 번째 뜻. 인쇄물이나 책 등에서 오려낸 것, 스크랩. 정보의 단편을 저장하는 거."

"길다. 길어."

"세 번째. 쇠 부스러기, 고철, 폐물, 쓸모없는 것, 쓰레기, 찌꺼기, 재활용품."

"알았어, 알았어. 너랑 관계가 깊긴 깊은 단어이기는 하네. 정보 조각 그리고 고철. 어디에 초점을 맞추느냐에 따라, 정보도 되고 고철도 된다는 말을 하고 싶은 거지? 나는 고철에 초점 맞출 테니까, 안 해줄 거라고. 그걸로 끝."

"네 번째도 있어."

윤수지가 대화에 끼어들었다. 스마트폰으로 사전을 바라보며 천천히 읽는다.

"명사. 비격식. 싸움, 치고받기, 말다툼이라는 뜻이라네. 지금 이 순간이네? 다섯 번째도 있어. 동사. 버리다, 폐지하다, 중지하다, 라는 뜻도 있네. 행사를 폐지하다. 제도를 중지하다. 동글아, 이제 그만 고집 스크랩 하고 이야기해줘. 지은이 성격 알잖아. 누나도 궁금해."

마음의 준비를 하기라도 하듯, 마동군이 커피를 단숨

에 들이켰다. 머릿속에서는 그날의 기억이 키워드로 떠올랐다.

7년 만의 귀국.

아모르파티.

누드.

발레.

난장판.

3

누드, 발레, 난장판의 순간으로부터 몇 시간 전.

인천국제공항 활주로에 일본발 여객기가 도착했다.

여객기에서 내린 승객들은 복잡한 절차를 견디고 거대한 인천공항 부지의 길고 긴 순례길을 걸은 끝에 게이트 밖으로 우르르 쏟아져 나왔다. 게이트 주변에는 마중 나온 사람들이 팻말을 들고 모여 있다.

정다운 인사를 나누던 승객들과 마중객들이 줄어들고, 방금까지 북적이던 게이트 주변이 어느새 텅 비었다.

커다란 여행용 가방 두 개를 든 덩치 큰 남자가 우두커니 홀로 남았다.

7년 만에 한국으로 돌아온 마동군이다. 혹시라도 자기를 찾는 사람은 없는지 안경을 추켜올려가며 꼼꼼히 풍경을 더듬는 눈은 반쯤 감겨 졸려 보인다. 이미 못 온다는 연락을 받아 예상은 하고 있었지만, 마중 나온 이는 역시 없다. 굵직한 눈썹이 꿈틀거려 언짢은 기색을 표한다.

마동군은 공항 밖으로 걸음을 옮겼다. 주변을 둘러보니 일본과 별로 다른 점이 느껴지지 않는다.

택시를 잡아 세운 마동군은 무언가를 기다리는 사람처럼 멀뚱히 섰다.

기다리다 지친 택시기사가 말했다.

"안 타?"

실수를 깨달은 마동군이 서둘러 자기 손으로 문을 열고 택시에 올라탔고, 목적지의 주소를 말했다. 얼굴이 빨갛게 달아오른다.

타향살이가 너무 길었다. 7년간 몸에 밴 일본식으로 행동한 것이다. 한국과 달리, 일본은 택시 문이 자동으로 열린다. 손님이 억지로 열려고 하면 망가지니 가만히 있어야 한다.

주소를 들은 택시기사가 의심스러운 눈빛으로 백미러 속 마동군을 쳐다보았다.

"네? S시? 한 13만 원 나올 텐데?"

"현금으로 드릴게요."

"돈 주신다면야 누구든 상전이니 부르는 대로 가야죠. 출발합니다."

택시가 출발했다.

인천국제공항을 떠나며 쭉 뻗은 도로를 달렸다. 산과 나무. 온통 초록색이다. 창문 밖을 내다보는 마동군의 얼굴이 초록색 위로 반사된다. 여전히 붉다.

뒷좌석에 앉은 마동군을 백미러로 힐끔힐끔 쳐다보며, 택시기사가 말했다.

"용인대?"

"네?"

"체격이 엄청 좋네. 무슨 운동 하는데? 유도? 씨름? 그냥 헬스만 한 몸이 아닌데. 딱 보면 알지. 용인대가 아니라서 그래? 하긴 아무나 들어가는 데가 아니니까."

마동군이 눈썹을 찌푸리며 안경을 추켜올렸다.

"발레요."

"발레?"

기사가 웃음을 터뜨렸다.

"아뇨. 당연히 농담이죠. 유도요."

"용인대 맞네! 내 조카도 용인대 유도학과거든."

"재수생인데요."

"아."

기사가 눈치를 살피며 운전을 계속했다. 미터기가 규칙적으로 올라간다. 굳이 자기 사연을 늘어놓아가며 대화를 이어갈 의지가 없는 마동군은 적당히 둘러대고 눈을 감아버렸다.

어느새 시작된 라디오 방송이 침묵을 메운다. 클럽 DJ가 트는 일렉트로닉 비트가 깔리는가 싶더니, 이내 트로트가 흘러나왔다. 노래 부르는 이는 일본에서도 유명한 한국 가수 김연자다. 노래가 생각보다 흥겨워서 자기도 모르게 박자에 맞춰 목을 끄덕였다. 구성진 가락에 올라탄 가사가 하나하나 마음을 건드렸다. 노래 분위기가 점점 고조되기 시작했다. 걸쭉한 목소리로 부르는 가사가 울려 퍼졌다.

"인생이란 붓을 들고서 무엇을 그려야 할지. 고민하고 방황하던 시간이 없다면 거짓말이지."

고민하고 방황하던 시간. 지금 내가 겪는 시간이구나,

마동군은 생각했다.

"인생은 지금이야아아아아!"

상승하는 박자.

택시 안이 작은 클럽이 된다.

흥이 절정에 다다른다.

"아모오르파티."

일렉트로닉 비트가 간주로 흘러나온다.

"아모오르파티."

간드러지는 보컬과 함께 노래가 끝났다. 라디오 진행자가 멘트를 시작했다. 경박하고 호들갑스러운 말투다.

"네, 김연자의 〈아모르파티〉였습니다. 한 편의 소설 같은 인생, 인생은 지금이야! 크으! 좋은 말 아닙니까, 마리아노 씨?"

"마리아노?"

마동군이 깜짝 놀라 귀를 기울인다.

"아모르파티, 좋은 제목이죠."

마리아노가 대답했다. 울림이 풍부하다 못해 느끼할 정도다.

"라틴어예요. 아모르는 사랑, 파티는 운명. 니체가 한 말이지요. 필연적으로 찾아오는 게 운명이라면 다 받아

들여라. 운명이 굴곡지더라도 오히려 적극적으로 품에 안고 사랑하면서 운명을 이겨내라. 제 인생도 아모르파티였죠. 처음 발레에 도전했을 때도 그랬고, 이탈리아에 무작정 갔을 때도…….”

운명애.

마동군은 방금 들은 말을 속으로 곱씹었다. 지금 자신에게 가장 필요한 말인지도 모른다. 운명이라면 다 받아들여라. 틀린 말은 아니지. 새로운 생활과 일상과 운명에 좌절하거나 굴하지 않고, 적극적으로 받아들이고, 때로는 맞서야 할 순간에 당당히 서서 앞으로 나아가라. 뭐랑? 현금 50만 원과 여행용 가방 두 개와 더 망가질 수도 없는 몸과 함께? 마동군이 쓴웃음을 지었다.

백미러로 힐끔 마동군을 바라본 택시기사가 입을 열었다.

“S시에서 처남이 택시를 해. 저번에 이 마리아노라는 사람을 길에서 본 적이 있대. 사람을 차에 태우고 있었다더라고. 생긴 것도 잘생기고 키도 크고 그런지, 어떤 여자와 함께 차에 있었다던데? 그것도 젊은 여자. 아무리 봐도 중학생으로밖에 안 보였다던데?”

“정말이요?”

따지듯 묻는 마동군의 말에 놀라 택시기사가 어물어
물 답한다.

　"뭐?"

　"증거 있어요?"

　"아니, 처남이 봤다니까?"

　"처남분이 마리아노, 라는 사람이랑 아는 사이래요? 보
면 바로 안대요?"

　"아니, 그게."

　"젊은 여자랑 타고 뭐 했대요?"

　"그러니까."

　"물고 빨고 뭐 그랬냐고요."

　"그건 나도 모르지."

　"모르는데 왜 함부로 이야기해요?"

　"아, 아니 나는 그냥 그렇다고."

　"증거 있어요? 확실한 증언이에요? 책임질 수 있어요?"

　"뭐 아는 사이야?"

　"아들이에요."

　"아들?"

　"예. 친아들이요. 오늘 라디오 방송 출연한다고 마중을
못 나온다고 그래서 저 혼자 들어가는 거예요."

거짓말이다. 라디오는 생방송이 아니었고, 라디오 때문이 아니라 일산 스튜디오에서 예능방송 녹화를 하고 오느라 못 온다고 했다.

"그러고 보니 닮았네."

"하나도 안 닮았고, 제가 엄마 닮았다는 거 친척들도 다 알아요."

"그렇구나……."

"얼굴 모르죠? 마리아노."

"언뜻 보긴 한 것 같은데……."

"제가 아는 아버지는 그럴 사람이 아니라는 걸 친아들인 저는 아는데, 그런 제가 모르고 있던 부분을 방금 들어서 여쭤보는 거예요. 함부로 말하셔서. 얼굴도 모르시는 분이."

"어흠……."

"책임지실 수 있어요? 그런 소문 내고 다니셔놓고?"

불편한 침묵이 이어진 끝에 목적지에 도착했다. 택시 기사는 직접 트렁크 속 짐을 내려준 후 거듭 사과하며 꽁지 빠져라 도망쳤다.

마동군은 초록색 철제 대문 앞에 섰다. 영화에서 보던 낡고 커다란 전원주택이다. 페인트칠이 군데군데 벗겨진 대문 옆에 초인종이 보인다.

초인종을 눌렀다. 소리가 나지 않는다.

한 번 더 누르려고 하는데, 묵직한 쇳소리를 내며 대문이 열렸다. 잔디 깔린 방치된 마당. 파라솔 테이블. 드문드문 놓인 돌징검다리 길은 잡초로 절반이 넘게 가려져 있다.

현관문을 열었다. 안을 들여다보니 한숨이 나올 정도로 난장판이었다. 온갖 잡동사니와 쓰레기로 가득한 집 한 가운데에 아버지가 서 있다.

"어서와아앙, 아드을!"

"아, 진짜."

"저기, 마달만 씨."

"본명은 부르지 마려므나아, 아드을."

"요새도 집에서 그러고 살아요?"

한때 세계적인 발레리노였고 지금은 대한민국이 사랑하는 예능인이 된 마리아노가 7년 만에 다시 만나는, 이제는 발레를 그만둔 아들 앞에서 학처럼 고고한 발레 동작으로 아들을 맞이하고 있다.

상당히 개인적인 하체 일부분을 덜렁거리며.

아들 기분을 아는지 모르는지, 마리아노가 마치 뮤지

컬에 출연 중인 양 노래하듯 가락을 붙여 중간중간 포즈까지 취해가며 말했다.

"집에서는 (포즈) 나체주의자란다. 아름다운 (포즈) 육체는 (포즈) 신께서 창조한 최고의 예술품. (포즈) 옷으로 가려서야 되겠니? 당당히 드러내야지. (포즈) 그렇지 않니, 아드을?"

그리고 포즈.

때문에 한숨.

한숨을 다 내쉰 마동군이 말했다.

"하나 더 물어봐도 돼요?"

"얼마든지이. (포즈)"

"집은 왜 이 꼴이에요? 청소 안 해요? 좀 치우고 살지, 완전 개판 5분 전이네. 나도 살아야 할 거 아니에요."

"귀찮아아아. (포즈)"

따져도 소용없겠다고 느낀 마동군은 가방을 현관 바닥에 내려놓고, 발레 경험을 되살려 덩치에 걸맞지 않은 가벼운 몸짓인 사뿐사뿐 깨금발로 쓰레기를 피해 안으로 들어갔다.

"배 안 고프니이? 야식 먹장."

"아니, 은퇴한 지 오래됐어도 그렇지, 물론 내가 할 소리는 아니긴 한데, 발레가 어떤 예술인데요? 철저히 관리하고 먹고 싶은 거 참는 고통이 곧 발레 아니에요?"

"그러니까 이제 그만두고 먹는 거지."

"지금 몇 시인데 야식을 먹어요. 당장 옷부터 입어요. 청소부터 하게. 솔직히 이게 집이에요? 집은 무슨, 쓰레기장이지. 바닥에 오만 쓰레기가 다 어질러져 있고. 물론 남의 집이면 상관없어요, 사는 사람 자유니까. 하지만 앞으로 나도 이 집에서 살아야 하잖아요."

"해졍."

"같. 이. 해. 요."

"귀찮아아아아아."

도약.

시간이 멈추었다. 아니, 그런 착각이 들었다. 마치 천장이 잡아당기기라도 하듯, 마리아노가 공중에 멈춘 것처럼 보였다. 두 다리를 앞뒤로 뻗으며 크게 뛰어오르는 그랑 쥬떼라는 기술이다.

완벽해, 마동군은 마음속으로 탄식했다.

그리고 다시 한번 마음속으로 탄식했다. 좀 가리지.

착지.

포즈.

애절하게 허공을 올려다보며 팔을 들어올린다.

시간이 움직인다.

"오띠모(Ottimo)!"

마리아노가 외쳤다. 이탈리아어로 '최고 중 최고'라는 뜻이다.

움직이지 않는다. 박수를 기다리는 모양이다.

페이스에 말리지 않겠다고 마음먹은 마동군은 꾹 참았다.

마리아노가 포즈를 유지한 채로 눈동자만 굴려 아들을 보았다.

"왜 손뼉 안 쳐줘?"

"아이고, 내가 이 인간을 만나겠다고 여기까지 그 고생을 하며 왔단 말인가?"

대충 손뼉을 치면서 부엌으로 향한 마동군이 말했다.

"아버지! 한국도 분리수거하죠? 종량제봉투는 어딨어요?"

"몰라아. (포즈)"

딜렁.

"아오, 진짜."

부엌을 뒤져 쓰레기종량제봉투와 분리수거에 쓸 커다

란 비닐봉지를 찾아낸 마동군이 집을 치우며 아버지한 테 들리게 일부러 큰 소리로 신세 한탄을 했다.

"아들이 말이야, 7년 만에 타국 땅에서 돌아왔는데 환영할 생각은 안 하고 집을 이 꼴로 만들어놓고. 진짜 기본이 안 되어 있어."

"환영하려고 기다리고 있었잖앙."

"혼나기 싫으면 그냥 조용히 앉아서 텔레비전 보고 있어요, 예?"

"눼에엥."

짐을 풀기도 전에 저택의 쓰레기를 대강 정리한 마동군이 엄청나게 많은 쓰레기봉투를 손에 들고 대문 밖으로 나갔다. 종량제봉투는 물론이고, 초벌로 분리수거한 비닐봉지도 많다. 이래도 전체 쓰레기 중에 절반밖에 안된다.

대문 근처에는 쓰레기를 버리는 곳이 있었다. 분리수거용 마대 자루가 여러 개 걸려 있고, 옆에는 쓰레기를 담는 통과 종량제봉투를 담는 작은 상자가 있다.

마동군은 코를 틀어막았다. 냄새가 상당하다. 코를 막은 손에는 아버지에게 받은 대문 열쇠와 약도가 들려 있었다.

4

마동군은 약도와 거리를 비교하며 길을 찾았다. 약도가 엉망진창이라 걱정했는데, 의외로 묘사가 정확했다. 길을 따라서 간 지 30초 만에 흑장미마트에 도착했다.

흑장미마트는 동네 구멍가게보다 규모가 조금 더 큰 슈퍼마켓이었다. 흑장미마트 안으로 들어간 마동군은 종량제봉투 가운데 가장 큰 100리터짜리를 네 개 샀다. 종량제봉투를 건네는 주인아주머니가 마동군의 얼굴을 빤히 쳐다보며 순간 동작을 멈췄다.

"동군이구나, 맞지? 어머 어머, 어쩜 이렇게 바뀌었어? 어릴 때는 아빠 닮았었는데 이제는 아주 엄마 빼다박았네? 덩치도 커지고! 일본이 음식이 좋긴 좋나 보네."

마동군은 자기를 어떻게 아느냐고 되묻지도 못했다. 반가워하는 상대의 기분을 상하게 할 것 같아 부담스러웠다.

당황해하는 마동군의 태도를 알아차렸는지, 아주머니가 살짝 거리를 두면서도 미소 짓는다.

"우리 동군이, 엄마 보디빌딩 시합할 때 객석에서 아줌마가 동군이 안아주곤 했는데. 기억 안 나지? 동군이 너이 동네에서 태어나서 세 살 때까지 살았어. 네가 일본으로 떠나고 네 아빠가 다시 이 동네로 돌아왔지."

내가?

마동군은 놀랐다. 알고 보니 여기가 고향이었다니.

아주머니의 이름은 김창선으로, 외동딸인 마동군의 어머니가 생전에 의자매처럼 의지한 사이였다고 한다. (그래서 김창선은 마동군에게 자기를 이모라고 부르라 했다.)

"아예 한국으로 돌아왔니?"

"네. 일단은요."

"몇 살이지, 이제?"

"열아홉 살. 아, 한국 나이로는 스물하나."

일본은 만으로 나이를 센다. 한국식으로는 두 살 더 먹어서 살짝 억울한 기분도 든다.

"군대 갈 나이네? 그래서 돌아온 거야?"

"군대는 아마 안 갈 거 같아요."

"왜?"

걱정스러운 말투로 묻는 이모에게 마동군은 과거 기억을 억지로 누르며 간단하게 사실만 전달했다. 인대가 끊어질 때 나는 그 소리가 아직도 기억에 생생해서 자세히 얘기하고 싶지는 않았다.

원래대로라면 지금쯤 발레로 대학에 진학했어야 한다. 치료를 하느라 재수생이 됐는데, 여성 보디빌더로 유명했던 어머니의 유전자 덕분에 몸이 불어버려 발레는 못하게 되었다. 이제는 촉망받던 발레리노였다는 과거는 아무도 믿어주지 않을 정도다.

유도나 역도라면 모를까.

"아깝네. 재활하면 어떻게 다른 운동이라도 할 수 있을지도 모르는데."

"실제로 일본에서 대학 스모 선수 제의를 받았어서 잠시 고민하기도 했어요."

"일본에서 스모 선수는 잘만 하면 돈도 많이 번다 들었는데?"

"방송에도 나오고, 명성도 얻고 그렇죠."

"하지 그랬어."

"에이."

처음 제의를 받은 날, 마동군이 못 하겠다는 의사를 밝히자 스카우트하러 온 대학 스모부 감독이 간곡히 설득했다.

"마군. 네 신체 능력이 너무 아까워서 그래."

사람을 부를 때 주로 성만 부르는 일본식 관습 때문에

마동군은 항상 '마군'이라고 불렸다.

"너 정도 되는 체격에 그렇게 유연하고 튼튼한 사람 얼마 없어. 스모와 발레는 의외로 비슷하다? 둘 다 발끝으로 균형을 잡아야 하고, 또 다리도 완전히 찢어야 하지."

스모에 처음 입문하면 사타구니 찢기라는 뜻의 마타와리를 해야 한다. 그 덕분에, 모든 스모 선수는 그렇게 허벅지가 두껍고 배가 툭 튀어나와 있어도 하나같이 다리를 가로로 쫙 찢어 가슴이 바닥에 닿을 만큼 유연하다.

하지만 스모 선수가 될 생각이 마동군에게는 없었다. 중세시대 봉건제도나 다를 바 없는 도장 생활을 견뎌야 하고 외국인 차별도 여전히 존재한다. 게다가 여태까지 재일교포가 아니라 한국인 가운데 야구로 치면 1군 선수에 해당하는 마쿠노우치 계급까지 올라간 사람은 가스가오(春日王)라는 시코나(醜名, 스모의 링네임)를 쓰던 단 한 사람뿐이다. 아무리 반평생 해온 발레를 못 하게 되었다고 갑자기 불확실한 세계에 뛰어들기란 어려운 노릇이었다.

"스모는 결국 안 하게 되었고, 일단 운동 종류는 좀 쉬는 게 어떨지 싶어요."

이런저런 이야기를 털어놓은 마동군은 한국에 온 이

유를 간단하게 설명했다.

"고모가 기분 전환 겸 한국 대학 입시를 준비해보는 게 어떠냐고 그러시더라고요. 저도 나쁘지 않다 싶어서 돌아온 거죠."

"잘됐네. 오랜만에 돌아왔으니까 푹 쉬어. 요양 온 셈 치고. 수술 흉터도 남았겠네."

요양. 수술 흉터.

옛 일본에는 시마나가시(島流し)라는 형벌이 있었다. 죄인을 섬으로 귀양 보내 노비로 삼는 형벌이다. 지금도 사고뭉치를 다른 지역으로 보내 교육시키는 일을 시마나가시 보냈다고 부른다.

고대 중국의 형벌인 경(黥)을 본받아, 시마나가시를 당한 자는 팔뚝을 휘감는 문신으로 전과를 표시했는데, 총 3회까지 새겼다. 그 외에도 전과 하나마다 이마에 한 획씩 새겨, 한 일(一), 큰 대(大), 개 견(犬) 자가 되도록 문신을 새기는 벌도 있었다. 그래서 문신을 뜻하는 일본어 중 하나가 '먹을 넣는다'는 말인 이레즈미(入墨)다. 한번 죄를 저지르면 몸에 넣은 먹처럼 씻을 수 없다는 뜻이다. 마동군은 무릎에 남은 흉터가 이레즈미처럼 느껴지곤 했다.

다시는 예전으로 돌아갈 수 없다는 표식을 안고 한국으로 시마나가시를 온 처지.

오랜만에 한국어로 대화를 길게 하니 점점 피곤해졌다. 아직 청소할 게 많이 남아서 슬슬 일어나야 한다.

마동군이 자리에서 일어나 떠나려 하자, 이모가 말했다.

"오늘인가 내일이 쓰레기 수거 날이지?"

"그래요? 저는 잘 몰라요. 오늘 도착해서."

"맞을 거야. 수거 날에는 너네 집 낌새가 수상해. 주변에 누가 얼쩡거려. 파파라치인가, 아니면 뭐 스토커일지도 몰라. 조심해. 혹시라도 갑자기 칼을 꺼내 들거나 하면 무조건 도망쳐. 절대 영화에 나오는 것처럼 호신술로 내던지고 그럴 생각 말고."

"에이, 이런 덩치 보고 설마 덤비겠어요?"

"이모는 국술원 합기도 5단이거든? 그래도 칼 든 사람은 상대 안 해. 차라리 돈 줘버리고 도망치지."

"네? 합기도 5단이요?"

마동군은 이모가 합기도 5단인 점에 놀라야 할지 그런 고수도 칼 든 사람은 피한다는 사실에 놀라야 할지 혼란스러웠다.

5

이모가 선물이라며 안겨준 공짜 주전부리와 야식거리를 안고 마동군은 귀갓길에 올랐다. 이모가 말한 파파라치인지 스토커인지 모를 수상한 사람의 인상착의를 상상해보았다. 숨어 다니면서 사진을 찍을 테니, 덩치가 작고 하는 짓 하나하나 수상한 느낌이겠지? 쓰레기를 뒤지다가 인기척 나면 아닌 척하겠지? 나 같은 덩치 큰 사람을 보면 골목으로 도망치는 거 아니려나? 설마 1분도 안 되는 거리인데, 집에 들어가는 그 짧은 사이에 마주칠 리가 없지.

잠깐만.

택시에서 들은 루머. 그거 어쩌면 아버지를 쫓아다니는 팬을 보고 오해한 거 아니야? 옷카케?

일본에서는 연예인의 일거수일투족을 다 쫓아다니는 사람을 '쫓아다닌다'라는 뜻의 옷카케(追っかけ)라고 부른다.

한국에서는 사생팬이라고 했나? 사생활 침해 팬? 혹시 아버지가 사생팬에게 괴롭힘당하고 있는 거면 어떻게 하지? 그래서 쓰레기 안 버리고 그렇게 쌓아둔 거 아냐?

쓰레기수거 날 언저리 때 나타나니까?

"아니겠지, 설마."

생각을 떨치려 마동군은 고개를 휘저었다.

"엉?"

동군은 발걸음을 멈췄다.

망부석처럼 제자리에 굳은 채 1분 정도 상황을 지켜봤다. 이마에 진땀이 솟아난다. 방금까지 하던 상상이 현실로 나타나자, 으스스한 소름이 돋는다.

초록색 대문 옆 쓰레기 버리는 곳에 검은 그림자가 보였다. 어슴푸레한 어둠 속에서 그림자가 쓰레기를 뒤진다. 일일이 쓰레기를 살피더니 몇 개를 골라 가방에 집어넣는다. 캔과 캔이 부딪치는 메마른 쇳소리.

땀이 소리 없이 흘러내리는, 기분 나쁘게 축축한 감촉이 뺨을 지나 목까지 이어진다.

작은 체구의 검은 그림자는 손에 쇳덩어리 같은 걸 들었다.

이모가 해준 충고가 귓가에서 되살아난다.

칼 든 사람은 상대 안 해. 차라리 돈 쥐버리고 도망치지.

어둠에 눈이 익숙해지자 수상한 사람의 모습도 더 선

명하게 보였다. 덩치가 작고, 머리카락이 길다. 포니테일로 묶었다. 감색 멜빵 치마에 흰 블라우스. 정강이를 가리는 양말과 단화는 까맣다. 멀리서 보면 하얀 피부와 달리 어둠에 가려진 검은 양말과 신발 때문에 발 없는 유령처럼 보인다.

위험하진 않을 것 같긴 한데, 마동군이 생각했다. 어차피 이 수상한 소녀를 지나치지 않으면 대문으로 갈 수가 없다. 하는 수 없이 마동군은 헛기침을 해 자신의 존재를 알렸다. 상대가 놀라지 않게 할 생각이었다. 반응이 없어 한 번 더 헛기침했다.

"크흠."

"지금 바쁘거든."

소녀가 고개도 돌리지 않고 대꾸했다. 손과 눈은 바쁘게 쓰레기를 감정하고 있다.

"할 말 있으면, 나중에."

"뭐라고요?"

"나중에."

소녀는 작업을 계속했다. 호리호리하고 깡마른 몸매에 입에는 막대사탕을 물고 있었다.

안경을 추켜올리며, 마동군은 소녀를 더 자세히 뜯어

봤다.

자기만의 세계에 빠져 사는 사람에게서 풍기는 독특한 분위기. 무슨 짓을 할지 모른다. 어쩌면 좀 아픈 사람인지도.

"지금 뭐 하는 거죠?"

"스크랩."

남의 집 쓰레기 뒤지면서 무슨 헛소리냐, 라는 말이 목젖까지 튀어나왔지만 마동군은 억지로 삼켰다. 이상한 사람이면 괜히 자극하지 않는 게 좋다.

그런데, 자극을 해버린 모양이다. 소녀가 갑자기 말을 쏟아내기 시작했다.

"1973년, 유명한 가수 셰어가 버린 쓰레기를 폐품수집가 워드 해리슨이 샅샅이 뒤진 다음 '쓰레기는 영혼을 들여다보는 창'이라고 했어. 그리고 '셰어의 일상을 모두 내 손에 쥐고 있다'라고도 했고. '쓰레기의 인디아나 존스'라 불리는 쓰레기학의 창시자 윌리엄 랏제는 직접 매립지를 파헤쳐서 사람이 어떻게 사는지 조사했고. 직접 쓰레기를 주우며 살아보고 책도 낸 인문학자 제프 패럿도 현대인이 사는 세계는 모두 쓰레기를 통해 비추어 볼 수 있다고 했고. 무슨 뜻인지 알겠어? 쓰레기는 그냥 쓰레기가 아닌 거. 일종의 정보. 일상의 로그파일. 고고학적 유물처럼 하나하나가 삶의 조각인 거. 신문 스크랩 같은 거. 남이 보면 의미 없는 종잇조각 같지만, 다른 눈으로 보면 중요한 의미가 담긴 거. 의미를 알아보면 쓰레기는 쓰레기가 아닌 거."

입술에 점점 가속도가 붙어갔다. 말이 끝나지 않아, 마동군은 중간에 말을 끊었다.

"잠깐만, 잠깐만. 저기요. 말 끊어서 미안한데."

마동군이 헛기침을 한 뒤 말을 이었다.

"아무리 이유가 거창해도, 남의 집 쓰레기를 뒤지는 건 좀 아닌 거 같은데. 기분도 꺼림칙하고, 또 쓰레기를 그렇게 다 헤집어놓으면……."

"나 다 정리해서 깔끔히 원래대로 해놓는데?"

"여하튼 사생활 침해고, 동네 사람이 불안해하니까, 그만했으면 좋겠는데, 요?"

"사생활 침해?"

몸을 일으킨 소녀는 마동군을 빤히 쳐다보았다.

"그쪽, 누구인 거?"

"그건 이쪽이 할 소리인 것 같은데?"

소녀가 두 손을 모아 합장했다. 맞댄 두 손바닥을 밀기 시작했다. 합장한 두 손이 부들부들 떨렸다.

'뭐 하는 거야?'

마동군이 속으로 중얼거렸다.

마동군이 알 턱이 없었지만, 소녀는 지금 추리를 하고
있었다.

잠시 뒤 합장한 손을 풀고 한숨을 내쉰 소녀가 마동군
에게 다가와 아래위로 훑어보았다. 깜짝 놀란 마동군이
주춤거렸다.

"뭐?"

"그쪽, 마동군인 거?"

"내 이름을 어떻게?"

그 순간 헉, 하고 숨을 들이켠 마동군은 눈앞의 기묘
한 소녀를 빤히 쳐다보았다. 맞구나. 옷카케, 다시 말해
사생팬이라는 확신이 들었다. 자신을 빤히 쳐다보는 반
쯤 감긴 큰 눈과 광채 잃은 커다란 눈동자가 죽은 사람
의 눈처럼 느껴져 마동군은 으스스한 기분이 들었다. 마
치 밤중에 창문을 보면 거울처럼 자기 자신을 비추듯, 소
녀의 눈빛에는 자기 자신을 돌아보게 만드는 신비로운
힘이 있었다. 순간, 영화의 몽타주 장면처럼 생생한 기억
속 장면과 감정이 한꺼번에 스쳐지나갔다.

—어린 시절 좋아하는 여자애 책상에 앉았다가 다른 친구에게 들켜 놀림받을 때의 부끄러움.

—무릎의 흉터를 보고 어쩌다 이렇게 되었느냐고 악의 없이 물어오는 사람한테서 느꼈던 수치심.

—공원 노숙자 할아버지와 눈이 마주쳤을 때 든 연민, 동시에 나도 저렇게 되면 어떡하지? 하고 순간 떠올려버린 자신을 의식하며 느낀 자기혐오.

—그리고…….

기관단총처럼 쏟아지는 질문에 마동군의 의식이 현실로 돌아왔다.

"왜 여기 있는 거? 일본에 안 있고? 언제까지 있을 거? 발레 했는데 몸이 왜 이런 거?"

"아니, 잠깐만. 뭐라고?"

무례한 태도에 화가 난 마동군은 문득 자기 자신에게 방금 그 질문을 던졌다.

왜 지금 여기에 있나?

왜 발레를 하지 않는가?

왜 이런 몸이 되었나

"그게 내 책임이라는 거야?"

마동군은 자기도 모르게 큰 소리를 내고 말았다.

"뭐 이런 게 다 있어? 죽은 동태 눈깔 같은 게! 무례하게 뭐가 어째?"

마동군의 고함소리에 소녀는 정말 당황한 표정을 지었다. 그 모습을 본 마동군은 어이가 없어, 왜 놀라냐며 쏘아붙이고 싶을 정도였다.

쏘아붙이기 전에 소녀가 먼저 입을 열었다.

"왜 화내는 건데?"

"몰라서 물어? 너 같으면 화 안 나겠어? 입장 바꿔 생각해봐!"

"미안."

그 말을 들은 소녀가 곧바로 기계 같은 말투로 더듬거리며 대답했다. 입에서 막대사탕도 뺐다.

"나, 성지은. 그리고, 내가, 내가 잘못한 게 있으면, 뭔지는 모르겠지만, 사과할게."

"뭘 잘못했는지 모르겠다고?"

"몰라. 미안. 그래서 더 미안해."

"뭐야, 무례하게 진짜. 좋게 좋게 말로 해서 끝내려고 했더니."

"화, 내지 마. 미안."

"가! 안 가? 가라고! 다신 나타나지 마. 경찰에 신고할
거야."

마동군이 짐을 들고 홱 몸을 돌렸다. 그리고 대문을 쾅
닫고는 안으로 들어갔다.

"미안해."

소녀는 젖은 눈으로 고개를 숙인 후 주섬주섬 짐을 챙
겨 사라졌다.

2

중고거래 사기꾼과 입시지옥

1

마동군이 귀국한 지 10일이 지난 불금 저녁.

마동군이 돌아온 경기도의 S시는 수도권에 가까운 중소도시다. 월세나 집값이 싸서 젊은이들이 많이 몰린 탓에 번화가에는 제법 골목골목 흥청망청 비틀비틀 하는 사람이 물결친다.

그중 한 명, 뇌를 알코올 장아찌로 만든 취객 아저씨가 지그재그 발걸음으로 유료 주차장으로 향하며 사람들과 부딪친다.

"아유, 뭐야 진짜?"

"앞 똑바로 보고 다녀, 이 자식아! 비켜! 길 막지 말고! 곤드레에 만드레에, 나는 취해버렸어어."

적반하장으로 큰소리치며 위협하는 취객을 피해 사람들이 물러섰다. 사람들이 자기를 겁내 피하자 신이 난 취객이 영화 〈취권〉의 성룡 흉내라도 내듯 커다랗게 갈지자를 그리며 행인을 어깨로 밀친다.

"에이씨. 열쇠 어딨어! 차 키! 차 키 어딨어!"

분풀이로 지나가는 사람에게 몸통 박치기를 먹였다.

"똑바로 보고 다녀!"

술에 취했어도 본성이 교활하고 비겁한 모양인지 자기 눈에 만만해 보이는 여자만 골라서 공격하기 시작한다. 그리고 다음 먹잇감을 찾아 두리번거린다.

한편, 반대편에서 전화 중인 젊은 여성이 다가온다. 전화 중이라 맞은편에서 어떤 무법자가 취권 중인지도, 등 뒤에서 덩치 큰 남자가 시무룩하게 팔자걸음으로 걷는지도 모르는 눈치다.

무법자가 젊은 여자를 발견하고, 평생 뱃속에 쌓아온 열등감과 부조리를 토해냈다.

"젊은 여자가 밤에 앞도 안 보고 전화질이나 하고 말이야. 남편이 돈 벌어다 주면 얌전히 집에서 살림이나 할 것이지 말이야."

미친 사람처럼 같은 말을 되풀이하며 먹잇감으로 정한 젊은 여자를 향해 비틀비틀 다가갔다.

여성은 한창 대화가 달아오르는 중이라 알아차리지 못했다.

주폭이 다가온다.

여자가 다가간다.

거리가 점점 가까워진다.

무법자가 온몸의 체중을 실어 무방비 상태인 여성에게 몸을 날렸다.

"컥!"

예상치 못한 충격이 찾아왔다.

무법자가 얼마 안 남은 케첩 통을 쥐어짤 때 나는 것 같은 소리를 내며 나가떨어졌다. 뒤에서 터덜터덜 걸어오던 덩치 큰 남자가 중간에 끼어든 것이다. 정작 도움을 받은 젊은 여성은 전화 중 갑자기 깜빡이도 안 켜고 훅 들어온 덩치 큰 남자에게 놀라 투덜대면서 사라졌다. 덩치 큰 남자, 마동군이 아래를 내려다보며 말했다.

"아저씨. 잘 보고 걸으셔야죠. 많이 취하셨네."

당황한 무법자가 아래위로 마동군을 훑어보았다. 스쳐

도 사망할 것 같은 신체 스펙에 겁먹은 취객은 자기 목덜미 쪽으로 마동군이 손을 뻗자 비명을 질렀다.

"자동차 어디다 세우셨어요. 부축해드릴게."

"엉?"

마동군이 뒷목 옷깃을 잡아 아저씨를 일으켜 세운 후 먼지를 털어주었다.

"아저씨, 제가 오늘 진짜 기분이 너무 안 좋거든요? 그래서 이런 기분으로 집에 가기 싫어서 딱 좋은 일 다섯 개만 하고 들어가자며 지나가다 아저씨가 사람들한테 어깨빵하는 거 보고 지금 막은 거예요. 경찰한테 끌려가실래요, 아니면 저랑 같이 얌전히 차까지 가실래요? 술도 많이 먹은 거 같은데."

경찰이라는 말에 더 겁먹은 취객이 몸을 떨었다. 마동군이 말을 이었다.

"그거 뭐지? 뭐라고 하죠? 취한 사람 대신 운전해주는 사람. 운텐다이코…… 운전대행? 대행운전?"

"대리운전?"

"대리운전. 여기는 대리운전이라고 해요? 대리로 운전하니까. 젠장. 이런 간단한 말도 모르는데 수능을 어떻게 보냐."

마동군은 취객을 반강제로 끌고 가 차에 태우고 대리운전을 부르는 모습까지 확인한 다음 지하철역으로 향했다. 지하철을 탄 마동군은 몸이 무거운 기분이 들었다. 기분을 바꾸어보려고 지금까지 한 좋은 일을 떠올려보았다. 총 네 개인 것 같았다.

1. 횡단보도 건너는 할머니 짐 들어드리기.
2. 할머니가 횡단보도를 안전하게 건너도록 경호하기. (중간에 빨간불로 변했지만 일부러 천천히 걸었는데 대신 운전자들한테는 고개 숙여 사과하며 건넜다.)
3. 위험에 처한 여성 도와주기. (감사 인사는 받지 못했지만, 도움받은 사실 자체를 몰랐으니 상관없었다.)
4. 취객을 위해 대리운전 부르기. (설마하니 음주 운전을 할까 싶어 일부러 자동차번호판 사진까지 찍었다.)

마동군은 지하철 손잡이에 온 체중을 실으며 애처롭게 매달렸다. 마지막 하나 남은 선행을 마저 할까 아니면 바로 집으로 들어갈까 고민하는 사이, 지하철이 역에 도착했다. 터덜터덜 지하철 밖으로 내린 마동군은 플랫폼을 어슬렁거리다 벤치에 주저앉았다.

조금 전 재수학원에서 겪은 일이 뇌리를 스친다. 아직도 충격에서 회복되지 않은 상태다. 앞으로 겪어야 할 '입시'라는 벽에 부딪힌 충격이다.

귀국한 마동군은 바쁘게 열흘을 보냈다.

먼저 중년의 누드 발레리노, 마리아노 달튼, 본명 마달탄 씨가 매일같이 엉망진창 어질러놓은 집을 다 치우는 데에 이틀이 걸렸다. 아버지는 방송 촬영 때문에 자주 집을 비웠고 귀가 시간도 불규칙했다. 좋게 말해, 아들에게 최대한의 자유를 보장해줬다. 바다 건너로 아들을 보냈을 때와 다름없이. 심지어는 화이트보드 스케줄표에 분명 아무 일정이 적혀 있지 않은 날에도 가끔씩 차를 몰고 밖으로 나갔다.

어디 가는 거지? 마동군은 궁금했다. 하지만 굳이 캐묻지 않았다. 괜히 두려웠다. 아버지가 가끔 〈아모르파티〉를 흥얼거릴 때가 있다. 노래 중 '또 다른 사랑 두렵지 않아'라는 가사가 들릴 때마다 괜히 불안해졌다. 정말 그 택시기사의 친척이 봤다는 대로, 젊은 여성과 데이트하고 다니는 게 아닐까? 물론 아버지는 독신이고 자신은 성인이니 제지하거나 반대할 입장은 아니다. 하지만 아버지가 (왠지 모르지만 자기 또래인 젊은 여성과) 데이트하는 광경은 굳이 상상하고 싶지 않았다.

잡생각을 떨치는 데에는 단순 작업이 최고다. 원래는 빨래를 쌓아놓는 오랫동안 방치된 방을 마동군이 사용하기로 했다. 일본에서 부친 나머지 짐까지 풀어서 정리하고, 방 안에 좋아하는 영화 〈빌리 엘리어트〉 포스터를 붙이고 나니 내 방이구나, 하는 느낌이 들었다.

여유가 생기자마자, 먼저 일본 친구들에게 안부 연락을 돌렸다. 다들 입시 준비 힘내라고 응원해주는 짧은 답장을 보내왔다. 다들 이미 대학생이다.

그리고 산책을 하며 집 근처 주변 지리를 익혔다. 터덜터덜 팔자걸음으로.

발레 경험자는 특유의 팔자걸음으로 걷는다. 완전히 다리를 찢을 수 있도록 골반을 열고 무릎과 발끝이 서로 180도 반대로 향하도록 만드는 '턴아웃'을 연습하면 팔자걸음이 되기 마련이다.

달라진 대중교통 시스템에도 익숙해져야 했다. 택시뿐 아니라 버스도 한국과 일본 사이에 문화 차이가 있다. 한국과 달리, 일본은 버스에서 내리려고 벨을 눌렀더라도 미리 일어나면 안 된다.

벨을 누르고 멍하니 있다가 버스 기사에게 몇 번 한소리 듣고 나서야 겨우 익숙해졌다.

버스를 타고 연습 삼아 시내 서점에 들러 입시 문제집을 훑어보기도 했다. 오랜만에 읽는 한글이 너무 생경해 보여 더 불안해졌다.

버스를 타고 오고가는 와중에 재수학원 포스터를 발견했다. 전화로 언제 상담하러 가도 되느냐고 물어보니 안내를 담당하는 직원이 사무적인 말투로 내일 점심시간에 오라고 대꾸했다. 구체적으로 언제가 점심시간인지 마동군이 물으려 하는데 자기 할 말을 다 한 직원이 전화를 끊어버렸다.

다음 날, 마동군은 점심식사도 거르고 시내로 나갔다. 상담하는 데 시간이 많이 들지는 않을 테니 끝나고 먹을 생각이었다. 버스에서 내린 뒤 약도를 보며 학원을 찾아갔다. 7층 높이 정도 되는 학원 건물이 보였다. 커다란 현수막 두 개가 가로세로로 매달려 있었다. 세로로 단 현수막 맨 위에는 학원 이름이, 맨 아래에는 학원 전화번호가 적혀 있고, 한가운데는 이렇게 써져 있다.

수시, 정시

완벽 대비!

재수

정규반

모집

고난 없이

승리 없다

  가로로 늘어진 현수막에는 응원인지 협박인지 모를 문
구가 적혀 있었다.

  죽었다 생각하고 공부하자! 대학 가면 다 할 수 있다!

  재수천당 포기지옥! 장수생 환영!

  현수막 문구를 읽자, 확 긴장됐다. 여기가 한국이구
나…….

  그리고 안내 데스크에 도착했다.

  "저기요. 전화로 상담 예약했던 마동군인데요."

  "원장실로."

  이쑤시개를 물고 스마트폰으로 판타지 게임을 하느라
고개도 들지 않는 안내 데스크 직원이 손가락으로 방향

을 가리킨다. 불쾌한 마음을 누르고 안으로 들어간다. 교실을 지나친다. 창문 너머로 살짝 교실 안을 바라보니 다들 무표정하게 열심히 노트 필기를 한다. 문득 교도소 같다는 생각이 든 마동군은 명치가 묵직해졌다.

원장실 앞에 도착했다. 노크하자, 반말로 들어오라는 말이 들렸다.

"얻다 대고 반말이야?"

조용히 중얼거리며, 마동군이 문을 열고 안으로 들어간다. 원장실은 고리타분하고 답답한 느낌이 들었다. 벽에는 '滅私奉公'(멸사봉공)이라는 붓글씨가 걸려 있는데, 영화 속에서 보던 야쿠자나 한국 조직폭력배 사무실 같다.

진짜 교도소야, 뭐야? 방 안을 둘러보던 마동군이 속으로 중얼거렸다. 원장은 지금 학원 안을 CCTV로 감시하고 있었다. 나중에 알게 되었지만, 아무도 이런 감시 시설에 의문을 갖지 않는단다. 심지어 아이를 제대로 쫀다며 부모님이 더 좋아하고 부추길 정도라고 했다. 경악했다. 자유방임하는 아버지에게 살짝 감사한 마음마저 들었다.

한술 더 떠, 원장은 얼핏 보아도 욕심과 몰상식이 뚝뚝 흘러내리는 소위 '꼰대 아재'였다. 자리에 앉자마자, 마동군에게 어디서 들었는지 모를 일본에 관한 수상한 이야기를 늘어놓았다. 기모노에 대해 여자가 남자를 위해 쉽게 벗어 이불 대용으로 쓰기 위한 옷이라며, 아주 바람직하다는, 헛소리도 있었다.

하나도 맞는 게 없어, 이 꼰대야. 마동군은 속으로 중얼거렸다. 당장에라도 자리를 박차고 일어나고 싶을 만큼 불쾌해졌다.

"일본은 여자가 남자 모실 줄 알아."

물론 일본은 눈에 보이지 않는 온갖 남존여비가 그물처럼 사회 전반에 퍼져 있다. 고분고분 다른 사람 말 잘 듣고 살림 잘하고 잘 꾸미고 남자에게 봉사하는 행동에 '여자력'이라는 딱지를 붙여, '여자력이 높다'라는 말을 칭찬처럼 쓴다.

하지만 기모노가 이불 대용 어쩌고 하는 소리는 말도 안 되는 소리였다. 목욕 가운이나 다름없는 구조인 유카타라면 모를까, 기모노 정장은 전문가가 도와줘야 할 만큼 입는 방법이 복잡하다. 혼자서 입으려면 어지간하게 능숙하지 않으면 안 된다.

그런가 하면, 일본인이 얼마나 근면하고 충성심이 높은지 배울 건 배워야 한다고 떠들어댔다.

기본적인 사실 관계도 틀리면서도 당당하게 헛소리를 늘어놓는 학원을 다녀야 하나? S시에서 가장 크고 유명하다는 입시 학원이 이 정도 수준이란 말이야? 화가 나서 자리를 박차고 나가고 싶어도 일단은 꾹 참은 마동군에게 원장은 또 다른 충격적인 말을 했다. 당장 학력 테스트를 하자는 것이다. 간단한 상담만 한다고 해서 학용품도 안 가져온 마동군이 사정을 설명하자, 원장이 코웃음을 쳤다.

"뭐야, 연필도 안 가지고 왔어? 준비가 안 됐구만. 일단 국영수만 모의고사 풀어보자고. 어느 정도 배웠는지를 알아야 가르치든 말든 할 거 아냐? 원래는 국어, 수학, 영어 각각 100분, 100분, 70분인데 지금은 테스트고 영어 듣기평가도 못 하니까 시간은 딱 한 시간씩 해서 세 시간. 쉬는 시간은 없고, 연달아서."

허를 찔려 어물어물하는 사이 원장에게 이끌려 옆 교실에 앉은 마동군은 시험지와 OMR카드를 받아들었다.

이미 시험은 시작됐다.

결과는 참담했다.

문제를 풀 수 없었다. 물론 배운 게 다르기는 하지만 그보다 더 큰 문제가 있었다. 언어의 장벽이 생각보다 컸다.

첫 번째 문제는 수능 언어영역이다. 한국어 문장과 한글 자체가 이렇게 생경하게 느껴질 것이라고는 상상도 못 했다. 일본 생활 중 한국어를 잊지 않으려고 많은 노력을 했다. 고모 집에서는 한국어로 대화하고 한국 책도 구해다 읽었다. 하지만 수능은 차원이 달랐다. 한국어로 긴 문장을 읽는 과정이 너무 오랜만이라 제대로 독해가 안 되었다.

그나마 수학은 선방했다. 하지만, 영어가 또 다른 걸림돌이었다.

영어 문제를 보자마자 항복 선언이 절로 나왔다. 애초에 일본에서 배운 '에이고'와 한국의 '영어'는 달랐다. 일본에서는 보통 일본식 영어 문법을 바탕으로 한 해석 문제나 문법 객관식 문제를 푼다. 길고 긴 영어 지문을 읽고 해석하고 함정을 피해 문제를 푸는 것은 완전히 무리였다. 문제가 거의 토익이나 다름없었다.

애초에 한국과 일본은 점수 수준이 다르다. 일본 기업에서 신입사원에게 기대하는 토익 점수는 평균이 대략 565점 정도로, 한국의 일반적인 기업에서는 인사부의 비아냥을 들을 점수다. 문법 문제 몇 개 말고는 손을 댈 수 없었다. 그게 현실이었다.

원장이 채점 결과를 들여다보며 코웃음을 쳤다.

"야, 이거 엉터리네. 일본서 공부하고 왔다더니 전혀 뭐. 이 정도 실력이면 한 10수는 해야 할 거 같은데? 학원에서 빠짝 쪼여야겠어. 이따위로 무슨 대학을 가겠다고. 분수를 알아야지."

마동군은 화가 났다. 돈 내고 학원 다니겠다는 사람에게 왜 함부로 무례한 말을 내뱉는지 이해할 수가 없었다. 당장 고함치고 나오고 싶었다.

하지만 아버지가 연예인이니 괜히 소란을 피웠다가는 아버지에게 피해가 갈지도 모른다는 생각이 들었다. 굴욕을 꾹 참으며, 나중에 다시 연락하겠다고 했다. 입원 수속을 밟으려고 멋대로 일을 진행하는 원장의 말을 무시한 채 밖으로 나왔다. 벌써 어둑어둑한 저녁 시간이다. 마동군은 한숨을 내쉬며 검붉은 저녁 하늘을 올려다보았다.

"오늘은 착한 일 딱 다섯 개만 하자."

〈아모르파티〉를 흥얼거리며 마동군은 거리로 나섰다.

2

그리고 다시 지금, 지하철역 플랫폼.

착한 일은 현재 딱 네 개.

플랫폼 자판기에서 콜라 한 캔을 사서 마신 마동군은 쓰레기통을 못 찾아 주머니 속에 캔을 넣은 채 개찰구로 향했다. 교통카드를 찾아 주머니를 뒤지는데, 가장 끝 쪽 개찰구 옆 벽에 기댄 남자가 신경이 쓰였다.

마동군은 곁눈질로 남자를 관찰했다. 중키에 살집이 살짝 붙은 중년이었다.

이 남자는 왜 안 들어가고 있는 거지? 왠지 수상쩍었다. 어디가 수상하느냐 물으면 대답하기 어렵지만, 굳이 말하면 소위 '촉'이나 '감'이 달랐다. 언어로는 표현하기 어려운 직관과 직감이 있는 법이다. 누구를 기다리고 있는 모양이긴 한데, 여자 친구를 기다리는 분위기는 아니다. 후드티 후드를 부자연스러울 정도로 깊게 눌러썼다. 얼굴에는 마스크를 썼다. 약국에서 흔히 살 수 있는 흰색 일회용 마스크다. 평범한 일회용 마스크에 마동군이 위화감을 느낀 이유는 일본에서는 누구나 마스크를 하고 다니지만, 한국에서는 미세먼지가 심하다고 해도 마스크를 쓰고 다니는 사람이 드물기 때문이다.

관찰하는 사이, 등 뒤에서 우르르 인파가 몰려드는 소리가 들려왔다. 자신 때문에 뒷사람이 밀리지 않도록, 마동군은 카드를 찍고 밖으로 나왔다. 그리고 마치 자기도 누군가와 약속이 있는 양 벽에 기대고 서서 스마트폰을 보며 딴청을 피웠다.

잠시 뒤, 또 다른 남자가 후드티를 입고 마스크를 낀 채 나타났다. 이번에는 출구 쪽에서 지하철역으로 들어왔다. 새로 나타난 남자는 마른 체형으로, 늘어선 이빨 모양의 그림이 새겨져 있는 검은색 마스크를 쓴 채 갈색 상자를 들고 있었다.

중고 직거래였구나. 의문은 풀렸지만, 마동군은 이왕 구경한 김에 끝까지 기다려본다. 이 시시한 일상 속 사건이 흐지부지 끝나기를 기대하며.

두 사람은 대화를 나누는가 싶더니 물건을 교환했다.

개찰구 안의 하얀 마스크는 지폐를 내민다.

개찰구 밖의 검은 마스크는 박스를 내민다.

박스를 받아든 하얀 마스크가 주머니에서 커터 칼을 꺼내 든다. 내용을 확인하려는 모양이었다. 그 순간, 마동군은 박스를 건넸던 검은 마스크가 동요하는 모습을 놓치지 않았다. 하얀 마스크가 커터 칼로 상자의 배를 가르는 순간, 상자 안에서 엉뚱하게 책이 한 권 떨어졌다. 법정 스님의 『무소유』였다.

하얀 마스크와 마동군이 동시에 소리쳤다.

"사기꾼!"

"다섯 번째!"

검은 마스크는 이미 몸을 돌려 도망치기 시작했다.

도망치는 검은 마스크를 뒤쫓으려고 마동군이 발을 내딛는 순간, 무릎이 시큰했다. 잠시 망설여졌다.

그냥 포기할까?

그때, 사기를 당한 하얀 마스크가 개찰구 너머로 외치는 소리가 들려왔다.

"사기꾼 잡아라! 누가 좀 도와주세요!"

마동군이 달렸다.

도망치는 검은 마스크의 사기꾼과 뒤쫓는 마동군 사이의 거리는 금방 좁혀졌다. 오히려 피해자인 하얀 마스크는 제대로 뛰지도 못해 뒤처졌다.

사기꾼이 에스컬레이터 위로 뛰어올라갔다. 마동군도

뒤따랐다. 에스컬레이터에서 텅 빈 쇳덩어리 울리는 소리가 났다.

다쳤던 무릎이 조금 아파온다.

사기꾼이 올라가자마자 왼쪽으로 꺾어 달렸다. 뒤따른 마동군의 눈앞에 긴 복도를 달리며 도망치는 사기꾼이 보였다. 손에는 지폐를 쥐고 있다.

다쳤던 무릎이 더욱 아파온다. 전기가 찌릿찌릿 오르는 느낌이 든다.

마동군은 이를 악물고 달렸다.

복도 끝에는 아래로 내려가는 계단이 있고, 시장으로 들어가는 입구가 근처에 있다. 사람 왕래가 특히 잦은 저녁 시간이었다. 그대로 시장으로 도망치면 절대 잡을 수 없다.

딛는 발에 더욱 힘을 싣는다.

사기꾼 검은 마스크가 계단을 내려간다. 벌써 절반이나 내려갔다.

계단 꼭대기에 서서 사기꾼을 발견한 마동군이 몇 계단씩 뛰어내렸다.

사기꾼이 계단을 다 내려가 땅을 딛기 직전이다. 마동군은 1미터 정도 떨어진 계단 위에 섰다. 다섯 단 정도 더 내려가야 한다.

무릎이 아프다.

불안해진다.

사기꾼과의 거리가 벌어진다.

마동군이 주머니에 들어 있던 캔을 꺼내 던졌다. 캔에 맞은 사기꾼이 놀라 순간 멈칫한다. 그 틈을 놓치지 않고 마동군이 계단을 박차고 뛰어올랐다.

옛날처럼 공중으로.

그랑 쥬떼.

격통.

몸은 예전과 같지 않았다. 아프지 않은 다리로 뛰어올랐는데도 불구하고 흉터가 남은 다리에서 통증이 느껴졌다. 통증이 공중에 뜬 마동군의 커다란 몸을 억지로 잡아끌었다. 우아한 동작으로 착지하기는커녕 화살 맞은 늑대가 몸부림치듯 공중에서 육중한 몸을 뒤틀며 추락했다. 천만다행으로, 쭉 뻗은 손가락이 후드 끝에 걸렸다.

사기꾼이 중심을 잃고 비틀대며 쓰러진다.

마동군이 필사적으로 기어서 사기꾼을 덮쳤다. 땀에 미끄러져 바닥에 떨어진 안경이 사기꾼의 몸뚱어리에

눌린다. 안경이 부서진다.

아, 젠장!

애석해하면서도 마동군은 정신없이 뒤엉킨 끝에 사기꾼을 찍어 눌러 제압하는 데 성공했다.

그러나 안경 없이는 형체가 제대로 보이지 않는다. 게다가 역 앞 주변은 이미 어두컴컴해졌다. 근시에 난시까지 심한 맨눈으로는 검은 마스크를 쓴 사기꾼의 얼굴이 물감을 뒤섞어놓은 것처럼 뒤엉켜 보인다. 얼굴 확인을 포기한 마동군은 지폐를 쥐고 있는 사기꾼의 주먹을 더듬더듬 억지로 폈다. 이대로 범인을 못 잡더라도, 지폐를 빼앗으면 피해자도 손해 볼 일이 없고 지문도 채취할 수 있을 것이라는 판단이 순간적으로 들었기 때문이다. 손에 쥔 지폐의 절반을 빼앗긴 사기꾼이 몸을 뒤틀며 마동군의 팔뚝을 깨물었다. 마동군이 비명을 지르는 사이, 사기꾼이 일어나 골목길로 도망친다.

마동군은 지쳐 쫓아갈 힘이 없었다. 무릎이 아파 더 이상 뛰기도 어려웠다. 대신 안 보이는 눈을 가늘게 뜨고 바닥에 흩뿌려진 지폐를 주웠다.

지폐 색이 다 노란색이라 마동군은 깜짝 놀랐다.

이거 5만 원권인가? 눈앞으로 가까이 가져가니, 신사

임당 얼굴에 수염이 났다. 자세히 뜯어보니, 노란색이 아니다. 주황색과 노란색의 중간쯤 되는 색깔에 신사임당 대신 아들 이이가 그려진 구권 5천 원짜리 지폐다. 한국을 떠나기 전에 본 적이 있어서 마동군은 신기한 눈으로 지폐를 뜯어보고 있는데, 누군가가 다급히 다가와 말을 걸었다.

"감사합니다! 정말 감사합니다!"

놀란 채 일어나 눈을 가늘게 뜨고 보니, 하얀 마스크를 쓴 남자가 고개를 연신 숙이고 있었다. 마스크에 감싸여 소리가 먹먹했다. 목소리만 들어보니 자기보다 훨씬 연배가 높다는 느낌이 들었다. 마동군의 눈에 물감을 뭉개 놓은 듯 보이는 남자가 고개를 숙일 때마다 자꾸 후드가 벗겨진다. 머리 한가운데가 살구색으로 비어 있다. 역시 나이가 많은 모양이다.

마동군은 겸연쩍게 고개를 숙이며, 지폐를 건넸다.

"아뇨, 별말씀을 다. 얼마인지 확인을 못 해서 다 찾았는지는 모르겠네요."

"정말 감사합니다. 아이고, 옷이 찢어졌네요, 피도 나고. 이렇게까지."

"괜찮아요."

"어차피 사기당했던 돈이니, 이 돈으로 옷도 수선하시고 치료도 하세요."

피해자가 지폐를 건넸다.

"그냥 좋은 일 하려고 한 거니까."

"그러지 마시고!"

손사래를 치며 떠나려는 마동군의 소맷자락을 붙들고, 남자가 가지고 있는 구권 5천 원짜리 지폐 중 절반 정도인 열 장을 억지로 쥐여주고 떠났다. 역 앞은 다시 조용해졌다.

"안경은……."

바닥에 널브러진 안경은 테도 뒤틀리고 렌즈도 산산조각 났다. 회생이 불가능해 보였다. 마동군은 한숨을 내쉬며 저녁놀이 퍼지는 검은 하늘을 올려다보았다. 성취감 같은 게 가슴을 따뜻하게 데웠다. 피로는 다 잊은 듯 노래가 입에서 흘러나온다.

"산다는 게에, 다 그런 거지이."

지폐를 주머니에 쑤셔 넣은 마동군이 발걸음을 뗐다.

"그래도 다섯 개 다 채웠네."

마동군은 안 보이는 눈으로 어둠까지 깔린 귀갓길을 겨우겨우 더듬어서 돌아왔다.

"개판이네, 또."

집 안 소파에 커다란 살구색 덩어리가 늘어져 있다. 거
실에서 마동군은 뿌연 시야로도 알아차릴 수 있는 한가
득한 쓰레기 더미를 바라보며 한숨을 쉬었다. 오늘은 청
소하고 싶지 않다. 어차피 눈도 안 보이니까. 다행히 안
경이 없어 자체 '블러' 처리가 되었다.

"학원은? 안경은? 왜 꼴이 그래?"

나체주의자 아버지의 물음에 마동군이 고개를 가로저
었다.

마동군을 한참 쳐다보던 아버지 마리아노가 벌떡 일
어섰다.

"그래. 내일 아빠 쉬는데 안경 맞추러 갈까?"

덜컹.

마동군은 안경을 안 써서 다행이라고 생각했다.

3

다음 날.

닭은 구석이라고는 없는 마씨 부자는 미니밴을 타고 새로봄안경원으로 향했다. 아버지가 아는 안경원이라고 했다. 아버지는 오늘 스케줄이 갑자기 생겨서, 안경원을 들렀다가 마동군을 내려주고 바로 떠나야 했다.

마리아노가 모는 미니밴 조수석에서 마동군은 파리한 얼굴로 눈을 감고 있다. 식은땀이 흐른다. 가는 길에 겸 사겸사 데려다주겠다고 해서 탔는데 그게 잘못이라고, 조수석에 앉은 마동군은 생각했다.

"운전 좀 살살해요!"

"응? 살살하잖앙."

일본과 한국은 도로 진행 방향이 반대라 운전석과 조수석 위치도 반대다. 역주행하는 자동차 운전석에 앉아 핸들을 놓은 채 있다는 착각이 드는 모양인지, 마동군은 초조했다. 안경도 없다 보니 눈앞이 온통 흐릿해서 그 느낌이 더 심했다. 출발한 지 아직 1분밖에 안 지났는데도 벌써 내리고 싶다. 나중에 알았지만 새로봄안경원은 마동군이 느릿한 팔자걸음으로 걸어서 가도 채 10분이 안 걸리는 거리였다.

할리우드 스타가 개인 트레일러를 대기실로 사용하듯, 마리아노는 11인승 미니밴을 사무실 겸 대기실 겸 숙소로 활용했다. 매니저 없이 활동하기에 직접 미니밴을 몰고 현장에 가고 쉬는 시간에는 안에서 식사도 하고 간식도 먹고 시간도 죽였다.

따라서, 미니밴 안에도 온갖 쓰레기가 가득했다. 커브를 돌 때마다 덜그럭덜그럭 소리가 날 정도다. 마동군은 자리 주변에 쌓인 쓰레기를 손으로 만지며 한숨을 쉬었다. 그런데 언제 한번 다 치워야겠다, 하고 생각하는 와중에 손끝으로 길고 가는 무언가가 느껴져 소스라치게 놀랐다. 더듬어보니 긴 머리카락이다.

아버지가 장발이기는 해도, 분명 이 정도로 길지는 않다. 마동군은 아버지가 눈치채지 못하게 몰래 주머니에 머리카락을 집어넣었다. 별다른 생각이 있어서는 아니고, 그저 안경을 끼고 나서 자세히 볼 생각이었다.

"다 왔엉."

자동차를 세운 후 아버지가 내렸다. 마동군은 새로봄안경원으로 향하는 아버지를 쫓아간다.

"어서 오세요. 어머? 웬일로 일행이 있네요? 안녕하세요?"

새로봄안경원의 주인이자 안경사인 윤수지가 인사했다. 말투가 나긋나긋 조곤조곤해 자장가를 듣는 기분이 든다.

마지막의 '안녕하세요'라는 인사가 자기에게 한 말임을 뒤늦게 깨달은 마동군이 황망히 고개를 숙인다.

"안녕하세요."

"아들이에요. 안경 맞추러."

"말씀 많이 들었어요."

거짓말. 마동군이 속으로 생각했다.

"이쪽으로 앉으세요."

안내받은 대로 마동군이 자리에 앉자, 윤수지가 고객 카드를 작성하기 시작했다. 이름과 주소 등을 물은 뒤, 자리에서 일어난다.

"마동군 님, 일단 검안실로 가서 앉아 계시겠어요? 이쪽이에요."

윤수지를 뒤따라 검안실로 들어간 마동군이 시력검사 테이블 앞에 앉았다. 시력검사는 한국이나 일본이나 차이가 없었다. 검안실 인테리어도 비슷한 느낌이다. 조명이 어슴푸레해서 전체적인 분위기가 차분하다.

한가운데에 놓인 테이블 위에는 전문 검안 장비가 놓여 있다. 검사표는 한쪽 벽에 디스플레이로 설치되어 있다.

검안을 마치고 나오자, 아버지가 자리에서 일어나 있

었다.

"아드을, 미안. 시간이 얼마 없어서 먼저 일어나야 할 것 같거든? 테는 아빠의 미적 감각에 맞는 걸로 미리 골라놨어."

"왜 맘대로 골라."

"돈 내는 사람 맘."

"끙."

마리아노가 유리 진열대 위로 신용카드를 내밀었다.

"돈은 이 카드로 내고, 가지고 들어와라. 오늘 저녁은 먹고 들어올 거 같으니까 먼저 먹. 수지 씨 우리 아들 이랑 좀 놀아줘요. 그럼 있다 봐앙."

"네, 들어가세요."

"또 어디 가요!"

"비이밀."

마리아노가 밖으로 나가자마자 윤수지가 마동군에게 물었다.

"마동군 님?"

"아! 네?"

고개를 돌리자, 아까까지 흐릿하게만 보였던 윤수지의 얼굴이 가까이 와 있는 걸 발견하고 깜짝 놀랐다.

"왜 그러시죠?"

"커피 마실 때 휘핑크림 올려요?"

"휘핑크림이요?"

기세에 눌려, 마동군은 그냥 좋아한다고 대답했다.

"역시! 그럼 휘핑크림 말고 생크림도 좋아해요? 초콜
릿은?"

여전히 기세에 눌려, 마동군이 고개를 끄덕인다.

"잘됐다. 잠깐 앉아 있을래요? 먹으면서 기다려요. 금
방 안경 만들 테니까."

가게 안쪽으로 들어가는 윤수지의 뒷모습을 마동군이
얼떨떨하게 바라봤다.

윤수지가 냉장고를 열고 생크림 얹은 초콜릿과 휘핑크
림 얹은 커피를 내온 뒤, 작업실로 들어가 렌즈 가공에
들어갔다. 렌즈 깎는 과정은 소음이 꽤 컸다. 대화를 나
누기 어려울 정도라, 마동군은 일단 대접받은 간식과 커
피를 얌전히 먹기로 마음먹었다.

"헉!"

한입 넣자마자 깜짝 놀랐다. 달아도 너무 달았다. 크림
도 너무 많아 느끼하다.

커피와 초콜릿을 반쯤 먹은 사이, 안경이 완성되었다.

윤수지는 안경을 마동군에게 씌워주고 테에 압력을 가해 미세하게 조정하는 '피팅'을 시작했다.

"마동군 님, 뭐 하나 물어봐도 돼요?"

"말씀 편하게 하세요. 제가 나이 더 어린 것 같은데."

자기가 한 말에 마동군은 스스로 놀랐다. 평소 자기가 가장 싫어하는 사람이 입에 올리는 말이다.

내가 나이 많으니까 말 편하게 할게.

실력으로만 평가받는 발레의 세계에서 활약해온 마동군은 나이로 위계 따지는 사람을 싫어했다. 일본도 한국만큼이나 나이와 기수를 따진다. 특히 기수는 심하게 엄격하고 부조리했다. 그런 사람을 제일 혐오하던 마동군이었다. 그런데도 자기가 먼저 말을 편하게 하라는 말을 꺼냈다.

"으음, 그럼 대신 동군이도 누나라고 불러줄래?"

"네?"

잠시 머뭇거린 마동군이 말을 이었다.

"아, 네. 그럴게요."

"누나."

윤수지가 본론으로 들어갔다.

"별명 지어줘도 돼? 누나는 별명 붙여주는 걸 좋아하

거든."

"별명이요? 갑자기?"

"동글이. 어때?"

어린아이 같은 별명에 당황한 마동군의 마음을 아는지 모르는지, 윤수지는 미소 짓는다.

"동글이, 케이크 더 먹을래?"

마동군은 사양하려 했는데, 윤수지의 표정이 아주 조금 시무룩해지는 것을 알아차리고 더 먹겠다고 했다. 활짝 웃으며, 윤수지가 가게 안으로 들어가 조각 케이크를 두 개 더 꺼내 왔다. 하나는 자기 것인 모양이다.

"마리아노 씨에게 이야기를 몇 가지 들었거든."

케이크를 티스푼으로 살짝 떠 올리면서 윤수지가 말했다.

"발레를 하다가 다쳐서 한국으로 돌아왔다고. 대입 준비를 하려 한다고. 그래서 스트레스를 많이 받는 것 같아 마리아노 씨가 걱정하시더라고."

"그걸 알면, 집에서는 제발 옷 좀 입고 어지르지나 말 것이지."

"옷?"

당황한 마동군은 대강 얼버무렸다.

"옷을 벗어서 아무 데나 놓아서요. 의상도 많은데."

"하긴, 항상 빨가벗고 계실 테니까."

"네?"

마동군의 머릿속이 엉망진창으로 꼬여갔다. 갑자기 차 안에서 발견했던 긴 머리카락이 떠오른다. 지금 당장 머리카락 색이나 길이를 비교해 사실을 확인하고 싶다는 충동을 필사적으로 억누르는데, 윤수지는 당황해하는 마동군을 보며 쿡, 하고 웃는다.

"미안. 장난이야. 전에 그런 말씀을 하신 적이 있었어. 나체주의자라 집에서는 어지간하면 옷 벗고 지낸다고."

"아하. 난 또."

"고민거리 있으면 누나한테 털어놔 봐. 도움은 못 될지라도 마음은 편해질 거야."

마동군은 깜짝 놀랐다. 그렇다고 처음 본 사람에게 생각이나 감정의 짐을 털어놓기도 겸연쩍다.

머뭇거리는 마동군을 본 윤수지가 자리에서 일어났다.

"예약 손님 올 때까지 시간이 좀 남았으니까, 스트레스 풀 겸 잠깐 누나랑 데이트하러 갈래?"

3

집 안 쓰레기와
마음속 쓰레기

1

 햇살이 잘 들어오는 새로봄안경원은 셀카 맛집으로
도 유명하다. 인스타그램의 필터를 먹인 것처럼 눈부신
하얀 벽을 배경으로, 윤수지가 잔을 들어 커피를 홀짝였
다. 갑자기 받은 데이트 제안에 당황한 마동군은 아무 말
없이 윤수지를 바라보았다. 아직 제대로 대답도 못 한 상
태다.

 윤수지가 먼저 말을 꺼냈다.

 "사람 마음은 강하게 만들 수도 없고, 독하게 먹을 수
도 없어. 왠지 알아?"

 "글쎄요?"

"사람 마음은 실체가 없으니까."

"실체가, 없다?"

"마음은 말이지, 몸처럼 실체가 있지 않아. 운동하면 근육이 붙는 것처럼 강해질 수 없어. 마음이란 건, 스마트폰 애플리케이션 같은 거야. 분명 기능도 있고 역할도 행하지만, 막상 애플리케이션을 스마트폰 밖으로 꺼내달라고 하면 꺼낼 수 없잖아? 컴퓨터 안에 다양하게 퍼진 정보가 모여서 화면에 나타났을 뿐이니까. 컴퓨터에 보면 디스크 조각모음이라는 거 해본 적 있어?"

"조각모음이요?"

"속도 느리거나 할 때 하드 안의 내용물 정리해주는 거. 지우는 거 말고."

"아. 디스크 데프라그 츠으르."

"응?"

"아, 아니에요. 알아요. 뭔지."

"디스크 조각모음을 왜 하는지 알아?"

"하면 빨라지니까요?"

"왜 빨라지는지 알아?"

"아뇨."

"하드디스크는 동심원으로 되어 있어. 안에서 밖으로

차례로 기록하게 되어 있지. 하지만 오래 쓰다 보면 자리가 부족해서 같은 파일이라도 여기저기 조각나서 저장되는 거야. 그게 '조각'난 상태인 거지. 하나의 파일이라도 여러 군데에 조각나서 저장되면 이리저리 움직여서 찾아야 하니까, 그걸 한 곳에 모아놓는 작업을 하면 더 빨라지겠지? 집 정리 하면 물건 빨리 찾는 것처럼."

"그렇죠. 물건 쓰고 제자리에 안 놓고 여기저기 놔두면, 찾느라 일이니까요."

마동군은 아버지를 떠올리며 대답했다.

"그렇지. 사람 마음도 마찬가지야. 그런 식으로 마음이 한 덩어리로 되어 있는 게 아니라 여기저기 머릿속과 몸속에 퍼져 있는 거야. 하지만 분명 마음이 아프거나 쓰레기가 쌓이기는 해. 스마트폰도 오래 쓰면 찌꺼기나 쓰레기 같은 쓸모없는 파일이 쌓여서 느려지잖아? 집을 안 치우고 오래 두면 먼지나 쓰레기가 쌓이듯 스마트폰도 가끔은 지워야 빈 용량도 늘고 그러지? 사람도 마찬가지야. '마음속 쓰레기'는 바로바로 버려야 해. 그래야 용량도 늘고 회전도 빨라지거든."

"마음속 쓰레기?"

"불안. 짜증. 자기혐오. 이런 쓰레기는 놔두면 계속 자기 마음을 갉아먹거든."

마음을, 갉아먹는, 쓰레기.

"특히 마음속 쓰레기는 '해킹'이 들어올 때 많이 생기는 법이야."

"해킹이요? 최면이나 세뇌 같은 거요?"

"그런 것도 있지. 하지만 간단한 것도 있어. 하기 싫은 일을 억지로 해야 하거나, 지금까지 자기가 생각하던 것과 다른 일이 벌어지거나. 누가 마음에 끼어들어와 헤집어놓는 거지. 일단 그런 쓰레기를 다 버려야 몸도 마음도 릴랙스할 수 있어. 발레 공연도 그렇지 않아?"

마동군은 윤수지의 말을 경험을 통해 이해할 수 있었다.

"그렇죠. 걱정거리가 있으면 공연에도 집중 못 하고."

"그럴 때 억지로 마음을 진정하려고 해도 잘 안 되니까 일단은 몸부터 풀지?"

"맞아요."

"마음속 쓰레기를 버리려면 우선 몸을 움직여야 해. 하지만 아무 데나 쓰레기를 버릴 수는 없잖아? 쓰레기는 잘 분리해서 쓰레기통에 버려야지."

윤수지가 자리에서 일어났다.

"잠깐 따라올래?"

마동군은 윤수지를 따라 안경원 밖으로 나왔다. 윤수지는 안경원 문을 잠갔다. 안쪽에 붙인, 잠깐 자리를 비운다는 포스트잇에는 휴대전화 번호가 적혀 있다. 마동군은 몰래 번호를 외웠다.

윤수지가 앞장섰다. 안경원 옆에는 건물 안으로 들어가는 문이 있었다. 안으로 들어가니, 위층으로 올라가는 좁은 계단과 반지하로 내려가는 계단이 보인다. 반지하는 철창으로 봉인되어 있다.

계단 위로 올라가며, 마동군은 복도 벽의 특이한 점에 주목했다. 녹음실이나 악기 연습실에 주로 볼 수 있는, 계란판처럼 생긴 스폰지 방음재가 붙어 있다.

위층에서는 둔중하고 거대한 소음에 막혀 먹먹해진 음악 소리가 들려왔다. 〈캐리비안의 해적〉이나 〈반지의 제왕〉 같은 영화 속 전투 장면에 나올 것 같은 웅장하고 위협적인 음악이다.

가까워지자 소음의 윤곽이 선명해졌다.

유리로 만든 물건이 파괴될 때 나는 소리.

무게가 나가는 둔기로 물건을 두들겨 부수는 소리.

그 소리에 의아해하며 계단 위로 천천히 올라가는 윤

수지를 따라가던 마동군이 문득 이때다 싶어 주머니 속
의 머리카락을 꺼냈다. 윤수지의 머리카락과 아버지 차
에서 발견한 긴 머리카락을 비교해볼 생각이었다. 그런
데 갑자기 윤수지가 말을 걸었다. 당황한 마동군이 머리
카락을 다시 주머니에 넣었다.

"여기야."

2

윤수지가 두꺼워 보이는 문 앞에 섰다. 문은 방공호 입
구 같은 느낌이 들 정도로 튼튼해 보인다.

윤수지의 어깨 너머로 보이는 간판 일부를 읽은 마동
군은 의아했다.

'정신과'.

윤수지가 문을 열고 들어가자 쌀가마니 아래가 찢어
져 쌀이 쏟아지는 듯한 소음이 뿜어져 나온다. 이제 간판
글자가 제대로 보인다.

'정신과 분노의 방'.

윤수지의 뒤를 따라 마동군이 안으로 들어갔다.

입구에 선 마동군은 기이한 공간 내부를 보며 호기심이 들었다. 복도와 마찬가지로 여기저기 방음재가 붙어 있었다. 아까 느꼈던 대로 웅장하고 위협적인 음악이 고요하게 깔려 있다. 방 안 인테리어는 그리 센스 있는 느낌은 아니다. 실용적이라면 실용적인 방이다. 방음재가 붙지 않은 벽은 죄다 파랗게 페인트칠을 해놓았다.

벽과 천장이 만나는 곳에는 한국 전통의 체리색 몰딩이 단단히 자리 잡고 있다. 일본 집의 상징이 마룻바닥 복도와 다다미와 고타쓰라면 한국 집의 상징은 체리색 몰딩과 황토색 장판과 온돌이다. 적어도 마동군의 인상은 그랬다.

"잠깐 소파에 앉아 있을래?"

윤수지가 말했다.

공간 한가운데에 거실 같은 공간이 있었다. 소파와 티테이블이 놓여 있다. 마동군은 소파에 앉아 주변을 둘러보았다. 여러 경계벽으로 구획된 방들이 보였다. 몇몇 방에는 작업복처럼 보이는 칙칙한 색의 옷이 여러 벌 걸려 있었다. 멀리서 봐도 (새로 맞춘 안경 덕에 시야가 아주 깨끗하고 선명했다) 부직포 재질로 만든 옷임을 알 수 있다. 철제 간이 선반에는 투명한 얼굴 보호구가 달린 안전모가 가득하다. 그 옆에는 마네킹이 부직포 작업복과 안전모를 쓰고 있는데 건물 해체 공사를 하는 인부 같은 느낌이 든다.

도자기 컵이나 접시가 잔뜩 쌓여 있는 방과 화장실도 보였다. (이상하게도 세면대와 거울이 화장실 밖으로 나와 있다.)

카운터는 건물 외벽 쪽에 있었다. 윤수지는 카운터로 향했다. 카운터는 상당히 높다. 안에 앉아 있는 사람 모습이 안 보일 정도다. 그 뒤로는 커다란 창문이 달려 있어 건물 앞 도로가 보인다.

사무실은 카운터 왼쪽에 있었다. 윤수지를 따라간 마동군의 시선이 창문 왼쪽 사무실 외벽에 걸려 있는 '연장'에 쏠렸다. 말 그대로 연장, 무기다. 알루미늄 야구방망이, 장도리, 심지어는 흔히 '빠루'라고 부르는 쇠지레도 있다. 당황한 마동군을 더욱 당황하게 하는 사건이 벌어졌다.

쾅 하고 거칠게 문이 열리는 소리가 나더니 화장실에서 소년이 한 명 나왔다.

윤수지가 카운터에서 뒤를 돌아보더니 인사를 건넨다.

"어머, 템파. 안녕?"

윤수지의 인사를 무시한 템파라 불린 소년이 세면대에서 손을 씻기 시작했다. 누가 보더라도, 힙합하고 있습니다만, 뭐 문제 있어요? 하고 자기주장을 하는 듯한 복장이다.

템파는 흐르는 물에 계속 손목을 대고 있었는데, 아마도 손목을 다친 것 같았다. 템파가 몸을 돌리며 손에 묻은 물을 바닥에 턴다. 불만 가득한 얼굴은 영화 〈8마일〉에서 본 에미넴을 떠올리게 한다.

뒷주머니에서 목장갑을 꺼내 낀 템파가 성큼성큼 걸어서 가장 왼쪽에 있는 방으로 들어간다. 부모님에게 혼난 아이가 뿔이 나서 자기 방으로 틀어박힐 때 같은 모습이다.

템파가 들어간 방에서는 유독 다른 음악이 흘러나오고 있다. 강렬한 힙합 비트다. 비트와 함께 그릇이 깨지는 요란한 소리 그리고 괴성이 들려왔다. 랩을 하는 것인지 아니면 그냥 고함을 치는 건지 모를 소리와 함께 그릇이 박살 나는 소리가 울린다.

그릇 깨지는 소리가 너무 크고 거슬려서 마동군은 자기도 모르게 움찔했다.

한편 윤수지가 카운터 안쪽으로 몸을 기대며 말했다.

"유리야, 내 손님이야."

"아, 네. 언니."

여자아이 목소리가 들려왔다. 뒤이어 카운터 밖으로 예쁘장한 소녀가 나왔다. 나중에 알았지만 이름은 나유리였다. (머리카락이 짧은 편이라 용의선상에서는 바로 제외했다.)

나유리는 사무실에 잠시 들어갔다 나왔다. 그 와중에도 템파가 지르는 고함과 그릇 깨지는 거친 소리가 박자감 있게 들려온다.

"지은이는 어딨어?"

"지은이 사무실에 있어요. 잠시만요."

마동군은 순간 불안해졌다. 어디서 들은 이름이었다.

"또 그거 하고 있었니? 불안한 일 있었나?"

윤수지가 걱정스러운 말투로 말했다.

"괜찮을 거예요."

안심시키려는 듯 미소 지으며 나유리가 대답했다.

"참, 언니 먼저 가야 하는데. 동글아, 지금 예약 손님 오셨다고 연락 왔거든? 누나는 먼저 가볼게, 재미있는 시간 보내. 궁금한 건 여기 유리가 다 알려줄 거야."

"아, 네."

데이트라면서? 당황한 마동군이 고개를 끄덕였다.

"다음에 보자."

윤수지가 떠나자, 사무실 문 밖에서 작은 얼굴이 불쑥 고개를 내밀었다.

커다란 헤드폰을 낀 소녀다.

소녀는 이상한 장치 속에 들어가 있다. 고무공 같은 장치가 몸 전체를 감싸고 있다. 머리만 공 밖으로 튀어나와 있고, 공은 바람을 넣었는지 부풀어 있다. 마치 나무통을 칼로 찔러 술래를 찾는 장난감 같다.

머리만 내민 소녀는 부스스한 긴 머리를 긁적인다. 소녀의 눈은 조금 떨어진 곳에서 봐도 초점이 없어 죽어 보인다. '죽은 눈'이 마동군을 발견하고, 눈살을 찌푸리더니 사무실 안으로 들어갔다.

불안이 현실이 된 마동군은 숨이 턱 막혀왔다.

전에 쓰레기 뒤지던 죽은 눈의 소녀, 성지은이다.

성지은의 머리카락도 꽤나 길다는 사실을 깨달은 마동군은 동요하기 시작했다. 혹시 이 머리카락이? 택시기사가 들었다는 소문도 떠오른다. 혼란스러워하며 얼이 빠져 있던 마동군에게 나유리가 다가와 말했다.

"설명 들어갈게요."

3

나유리는 마동군에게 메뉴판을 내밀며 말했다.
"메뉴 보시면 총 네 가지 모드가 있어요."

속풀이

한풀이

살풀이

환생

"이곳은 기본적으로 두 명 이상 네 명 이하로 이용하시는 걸 전제로 하고 있어서, 혼자 이용할 경우에는 '한풀이'랑 '환생' 모드만 고를 수 있어요. 이용시간은 속풀이랑 한풀이는 최대 10분, 살풀이는 최대 15분, 환생은 최대 30분이에요. 시간 추가는 없고, 서비스를 새로 이용하셔야 해요. 하지만 수지 언니가 데리고 오신 분이니까, 아무 모드나 원하는 만큼 이용하실 수 있어요. 기본적으로 모든 모드에 그릇이나 컵이 열 개 제공되고, 모드가 올라갈수록 다섯 개씩 늘어나요. 그리고 환생 모드는 그릇 50개랑 가전제품 하나가 기본으로 제공되고요."

"잠깐만요. 여기 뭐 하는 데라고요?"

"이곳 정신과 분노의 방은 스트레스 해소를 위해 물건을 부수거나 하는 곳이에요."

"물건을 부순다고요? 가전제품도 부숴요?"

"네. 만약 '사리 추가' 하시면 가전제품을 추가할 수 있어요."

"사리? 면사리 할 때 사리요?"

"왜 스님들 몸에서 사리 나온다면서요? 그 사리래요."

나유리가 말을 이었다.

"어떤 모드로 하실래요?"

"그럼, 속풀이 모드……?"

"알겠습니다. 서비스로 가전제품 하나 넣어드릴게요."

다른 방에서 괴성이 들려온다.

템파다.

그릇 깨지는 소리에 이어지는 괴성이 긴장과 기대를 한껏 고조시킨다.

마동군은 이제야 이해가 갔다. 여기저기 붙은 방음재, 분위기 있는 웅장한 음악, 건물 해체 공사장 인부처럼 안전모며 작업복을 입은 마네킹, 템파라는 불퉁스러운 표정의 힙합 소년이 입은 손목 부상과 찬물 찜질까지 모두 다.

어쩌면 그때 성지은이라는 저 여자애가 쓰레기 뒤진 것도 여기서 쓰려고 그런 건가? 마동군은 궁금해졌다.

나유리의 속사포 설명이 이어졌다. 각종 유의사항을 들은 마동군은 나유리가 클립보드에 끼워 내민 서류와 펜을 받아들었다. 모든 책임은 본인에게 있다는 서약서다. 설명으로 들은 내용과 별반 다르지는 않다. 유의사항을 전달받았고 숙지했으며 그럼에도 불구하고 이용하겠다는 의사 확인서다.

사인 대신 이름을 한자로 적는다. 馬(말 마). 蝀(무지개 동). 捃(주울 군). 일본에서 살면서 얻은 게 있다면, 한자를 읽고 쓰는 데 유리하다는 점일 것이다. 혹시 몰라 한국식으로 읽는 법도 따로 공부했으니까.

무지개를 줍는다는 건지, 아니면 옛날 아일랜드 설화에 나오는 것처럼 무지개 뿌리에 묻혀 있다는 금화를 줍는다는 건지 모를 이름은 어머니가 지었다고 했다. 무슨 뜻인지 묻지 못한 게 아쉽다.

서류를 확인한 나유리가 환복할 수 있는 공간으로 안내했다. 방과 방 사이 살짝 가려져 있는 곳이다. 벤치도 있다.

작업복은 부직포로 만든 통짜 옷이다. 마동군이 옷 위

에 작업복을 겹쳐 입는데 바지 치수가 맞지 않았다. 다행히 입고 온 청바지라면 안 갈아입어도 별문제가 없을 것이란다.

옷을 다 갈아입고 나오자 나유리가 안전모 사이즈 조절하는 법을 알려주면서, 목장갑을 건넸다.

"나오실 때 목장갑은 여기다 넣으면 돼요. 빨아서 재활용하거나 하면 손바닥 쪽 코팅이 벗겨지고, 위생적이지도 않거든요. 그래서 일회용으로 사용하고 있어요."

나유리가 쓰레기통을 가리켰다. 안쪽에 씌워둔 비닐봉지 속에 목장갑이 쌓여 있다.

마동군은 목장갑을 끼고 안전모도 썼다. 얼굴을 보호해주는 투명한 아크릴판을 내리니 마치 중세 기사가 된 기분이다.

나유리가 창고로 향했다가 그릇을 들고 나타났다. 창고에 쌓인 그릇과 컵은 파괴용으로 쓰였다.

"준비 다 되셨으면 아무 방이나 들어가셔도 돼요. 3번 방은 지금 이용 중이니까, 1번 아니면 2번으로요. 안에 들어가시면 문 바로 옆에 장도리랑 그릇 올려놓는 단이랑 벽이 있는데, 야구방망이나 장도리로 치시면 안 돼요. 몇 번 방으로?"

"1번 방으로."

나유리가 1번 방에 그릇을 놓고, 테니스코트 땅을 고를 때나 쓰는 T 자형 도구로 바닥의 파편을 모두 벽 쪽으로 밀었다. 그러고 나서, 1번 방문 옆 아래쪽 콘센트 근방에 쪼그리고 앉아 충전 중인 구형 MP3를 조작해 노래를 틀었다. 방 안 스피커에서 웅장한 소리가 들려온다.

"시간 되면 노래가 꺼질 거예요."

1번 방으로 들어간 마동군은 기묘한 풍경에 놀랐다. 천장은 나무 톱밥을 채워놓은 것처럼 황토색이었고 형광등을 보호하는 장비는 따로 없었다.

벽도 마찬가지 재질이었다. 아마 방음을 위한 가설 벽인 듯하다.

왼쪽 벽에는 다 떨어진 티셔츠를 입은 사람의 상체 모양을 한 실리콘 더미가 서 있다. 격투기 선수가 연습할 때 사용하는 인형인데, 목이 거의 떨어져 나가게 생겨서 조금 으스스하다.

문 맞은편 벽에는 단단한 철판이 붙어 있고 그 위에 양궁을 할 때 쓰는 표적지를 그려놓았다. 철판 아래 바닥에는 표적지에 부딪쳐 깨진 접시와 컵 파편이 쌓여 있다. 주변에도 파편이 잔뜩 쌓여 있다. 파편 중에는 텔레비전이나 컴퓨터 등 가전제품에서 떨어져 나온 것들도 보인다.

방 오른쪽 구석에는 가슴 높이의 받침대가 있었고 거기에는 노트북이 하나 놓여 있다. 서비스로 놓아두겠다고 한 게 이 노트북인 모양이다. 오른쪽 벽에는 위아래로 커다란 타이어가 달려 있다. 군데군데 상처가 나 있는 것으로 보아 그동안 많은 사람이 야구방망이나 장도리로 두들겨 패왔으리라.

마동군은 문 바로 옆에 놓인 단을 뒤늦게 발견했다. 아까 나유리가 장도리로 두들기지 말아달라고 부탁한 단이다. 위에는 그릇과 컵, 그리고 장도리가 놓여 있다. 실수인지 일부러인지는 몰라도 장도리로 두들겨진 흔적이 여기저기 보인다. 컵이나 그릇은 누군가 사용했던 흔적이 있거나 상품으로 팔기에는 결함이 있는 물건이 대부분이다. 알루미늄 야구방망이는 단 옆에 비스듬히 놓여 있다.

마동군이 컵을 하나 집어 들었다. 머그컵이다. 생각보다 묵직하다. 벽에 내던져 깨볼 생각으로 들어올리기는 했는데 긴장되는지 숨소리가 커진다. 얼굴 앞의 보호용 아크릴판에는 김이 서린다.

투수가 공을 던질 때처럼 빠르게 던졌다. 머그컵이 표

적지 철판에 부딪혀 유리 파괴되는 소리가 울려 퍼지고, 파편이 사방으로 튄다.

마동군은 얼굴을 살짝 찡그렸다. 손가락에서 컵 손잡이가 빠져나갈 때의 묵직한 감각과 어깨로 전달된 반동이 고스란히 느껴졌기 때문이다. 손목도 아팠다. 머그컵에 힘이 제대로 전달되지 않은 탓이었다.

다시 한번 컵을 던졌다. 이번에는 제대로 날아가, 산산조각이 난다. 부드럽게 던져서 관절 부담도 덜한 것 같다. 생각보다 훨씬 기분이 좋아진다. 컵이 박살 나면서 속에 응어리진 덩어리도 함께 부서지는 느낌이 든다.

조금씩 신이 나기 시작했다.

웅장한 음악도 기분을 돋우는 데 한몫했다.

몇 번 머그컵 속구를 한 다음에는 컵을 공중에 던진 후 있는 힘껏 방망이도 휘둘러보았다.

방망이는 허공을 크게 갈랐다.

스트라이크 원.

컵이 바닥에 떨어졌다. 충격 흡수용 카펫 덕분인지 머그컵이 깨지지는 않았다. 혀를 차며, 누가 보지는 않았나, 자기도 모르게 주변을 둘러본다. 당연히 아무도 없는데도 괜히 부끄럽다. 두 번째는 성공이다. 허공에서 폭죽처럼 머그컵이 산산조각 난다. 사금파리 몇 개가 안전모에 달린 얼굴 보호용 아크릴판에 부딪친다. 살짝 놀란다.

홈런.

마동군이 본격적으로 마음속 쓰레기를 내버리기 시작했다.

어깨를 풀기 위해 일단 타이어부터 내려치기 시작했다. 마구 두들겨대니 어깨가 부드러워진다. 열기가 오르기 시작하자, 무아지경으로 컵과 그릇을 철판 과녁을 향해 던지거나 장도리와 야구방망이를 휘둘러 박살 낸다. 폐가전제품도 내리친다. 남은 물건이 점점 사라진다. 조금 아쉬운 기분이 들어 이번에는 목이 간당간당한 더미를 야구방망이와 주먹과 발로 마구 두들겨댄다. 마지막 결정타로, 발레 동작인 아라베스크를 응용한 뒷발차기를 날린다. 목이 흔들리며 더미가 나가떨어진다.

노래가 끝났다.

마동군이 길게 한숨을 내쉬었다.

10분 동안 온 힘을 다해 움직이는 게 쉬운 일은 아니다. 발레로 단련된 몸이기는 하나, 몸이 불어 에너지 소모량이 훨씬 커진 탓인지 온몸이 뜨겁게 달아오르고 땀도 난다.

땀과 함께 몸속에 쌓여온 울분도 풀려 몸이 좀 가벼워진 기분이 든다. 정말로 마음속 쓰레기를 내버린 것인지도 모른다.

김이 서린 아크릴 보호장비와 안경에 가려 눈앞의 풍경은 잘 보이지 않았다. 그래도 상관없다. 쓰레기는 버리면 그만이고, 김은 닦아내면 그만이다. 극복하지 못할 문제는 없다.

마동군이 밖으로 나왔다. 사무실 문이 닫혀 있어 성지은의 모습은 보이지 않는다. 대신 나유리가 다가온다.

"재미있었어요?"

"네. 확실히 속이 좀 풀리네요."

"답답한 일 있으면 언제든 오세요."

마동군이 장비를 반납하려고 옷을 벗는 동안, 나유리는 아까처럼 팔짱 끼고 턱을 만지면서 옆에 계속 서 있었다. 어색한 기분이 들어, 마동군은 사교적인 질문을 던진다.

"가전제품 같은 건 어디서 구해 오는 거죠? 장사는 잘되나요?"

"원래는 영업비밀이지만, 실은 전속으로 거래하는 고

물상이 있어요. 장사는 그럭저럭인데 주로 커플들이 와
서 스트레스를 풀고 가요. 근데 지은이랑은 어떻게 아시
는 사이예요?"

4

나유리가 허리를 굽혀, 마동군에게 사과한다. 당황한
마동군이 손사래를 치며 몸을 일으키려 하는데, 나유리
가 이야기를 시작했다.

"최대한 서로 기분 상하지 않게 하고 싶어서 여쭤본 거
예요. 절대 나쁜 뜻이 있어서 그런 건 아니에요. 혹시라
도 지은이가 언짢게 한 일이 있었다면, 제가 대신 사과할
게요."

"아니. 괜찮아요."

실은 괜찮지 않다.

나유리가 일어선다. 눈가가 살짝 촉촉하다. 당황한 마
동군은 자기가 무언가 오해하고 있을지도 모른다는 생
각이 들었다. 윤수지 말대로, 마음속 쓰레기를 버리고 나
니, 마음의 여유도 생긴 모양이다.

"일단 좀 앉아서 이야기를 들어도 될까요?"

마동군이 소파를 가리키며 말했다. 나유리가 고개를 끄덕이고는 소파에 앉는다.

"성지은이라는 분, 여기서 일하나요?"

"다음에 오실 때는 지은이가 맞이할지도 몰라요. 평소에는 지은이가 자주 가게를 보거든요. 오늘은 토요일이라 학교 일찍 마쳐서 제가 도와주러 온 거예요. 지은이혼자서는 손님맞이하는 게, 아무래도 좀 딱딱하기도 하고 사람이 너무 많으면 부담스러워하거든요."

"그런 것 같더라고요."

"지은이는 사람이랑 커뮤니케이션하는 데 서툴러요. 생각한 걸 그대로 말로 꺼내버리거든요. 태어날 때부터그렇게 태어났다고 해요. 일에 서투른 이유이기도 할 텐데, 지은이는 바깥에서 오는 자극에 너무 예민해요."

"예민하다고요? 반대인 것 같던데."

"하나에만 너무 집중하는 모습을 보셨나 보네요."

"그런 셈이죠."

"그건 너무 예민해서 평범한 자극에도 어쩔 줄 몰라도망치거나 짜증 내거나 혹은 감각이 둔해져서 그래요. 특히 본인이 제어하지 못하는 상황에서는 자기 생각에

만 빠져서 감각이 둔해지죠. 그래서 지은이는 다른 사람의 감정을 잘 알아차리지 못해요. 그걸 다른 사람들이 오해하고 소리 지르거나 하면 놀라서 겁을 먹죠. 그러면 지은이는 다른 사람에게 폐를 끼쳤다고 생각해서 못 견뎌해요. 그만큼 착하거든요."

마동군은 그날 밤 성지은이 보인 반응이 떠올랐다. 이제야 왜 그런 행동을 했는지 조금 이해할 수 있었다. 방금까지 홀가분했던 기분이 조금 무거워졌다.

"혹시 아까 지은이가 들어가 있었던 장치, 보셨나요? 불안함을 줄이려고 자기가 직접 만든 장치예요. 저렇게 몸을 꽉 조여주는 편이 오히려 감각을 둔하게 하고 예민함이 줄여줘서 마음도 편해진다나 봐요. 지은이가 이런 말을 한 적이 있어요. 자기는 남이 자기를 만져줬으면 하는데, 남이 만지면 너무 아프고 불편하다고. 그래서 김치 담글 때 배추 숨 죽이듯, 예민한 감각의 숨을 죽일 필요가 있다고."

"대단하네요, 저런 걸 직접."

"지은이는 천재거든요."

나유리의 말에 담긴 애정과 자부심을 느낀 마동군은 성지은에게 품었던 첫인상이 전부가 아니라고 느꼈다.

"지은이는 대견해요. 지은이는 다른 사람을 이해하려고 항상 노력하거든요. 시끄러운 소리에 힘들어하면서도 감정이 뭔지 이해하고 싶어서 항상 여기 나와 있어요. 지은이로서는 이해하기 어려운 일이죠. '왜 저렇게 화가 나서 들어오더니 나갈 때는 웃으면서 나갈까?' 지은이한테 사람 마음은 가장 큰 수수께끼인 모양이에요."

"지은이라는 분은 학교에는 안 가나요? 아직 많이 어린 것 같은데."

"많이 예민해서 학교에서는 쉽게 불안해져요. 그래서 친구도, 별로 없고요. 원래대로라면 고등학교 2학년 나이예요. 중학생인 줄 아셨죠?"

마동군은 실은 초등학생인 줄 알았다라는 말을 목 아래로 삼켰다.

"다들 그렇게 보죠. 저랑은 두 살 차이예요. 빠른 생일이라 열일곱 살. 지금은 좀 사정이 있어서 안 다니지만요."

"그럼 그쪽은 고3?"

"네. 원래는 학교에서 자습해야 하는데, 과외받는다고 거짓말하고 지은이 도와주러 온 거예요."

"그래도 괜찮아요? 한국은 입시가 장난 아닌 거 같은데."

"성적은 나쁜 편이 아니라서요, 다행히. 너무 제가 말이 많았네요. 잠깐만 기다리세요."

다시 밝은 미소로 돌아온 나유리가 카운터로 향했다. 마동군은 화장실에 다녀오겠다고 말했다.

화장실에 간 마동군은 세면대에서 이마의 땀을 씻어내고 페이퍼타월로 닦고 나왔다. 오늘 너무 많은 사실을 알게 되었다.

밖으로 나오는 마동군에게 나유리가 가방을 내밀었다.

독특하게 생긴 커다란 에코백이었다. 재질과 생김새가 특이하다. 마치 옛날 어머니가 할머니의 유품으로 가지고 있던 조각보같이 생겼다.

"지은이가 전해달라고 했어요. 얼마 전에 미안했다고. 지은이가 직접 만든 가방이에요."

"직접이요? 재질이 특이하네요."

"가게 앞에 세워놓는 광고용 간판 있죠? 스탠딩 배너. 거기에 쓰는 페트로 만들었대요. 페트병이랑 같은 플라스틱 합성수지 재질이라 가볍고 튼튼할 거예요."

마동군은 건네주는 가방을 받아들었다. 손잡이 부분은 자동차 안전띠를 재활용해 만들었다. 상당히 가벼우면서도 질기고 튼튼해 보인다.

"그래서 여기에 가게 메뉴랑 가격이 쓰여 있구나⋯⋯."

반대쪽으로 돌려보니 사인 같은 글씨체로 'Anti-déchet'라고 적혀 있었다.

"여기 이건 뭐죠?"

"프랑스어예요. 실제로 있는 말은 아니고 지은이가 만든 조어지만요. 지은이는 단어 만들기를 좋아하거든요. 저한테 프랑스어로 쓰레기가 뭐냐고 물어봐서 제가 알려줬더니 그때부터 사인처럼 뭘 만들면 저렇게 사인을 남기기 시작했어요. 저는 제2외국어가 프랑스어거든요."

"무슨 뜻인가요?"

유창한 발음으로 나유리가 말했다.

"앙티-데셰."

"'데셰'는 찌꺼기, 폐기물이라는 뜻이에요. 원래 타락하거나 쇠약해졌다는 뜻의 동사 데슈아(déchoir)에서 나왔어요. 그래서 인간쓰레기라는 뜻도 있고요."

"거기에 '안티'가 붙어 있으니까, 쓰레기가 아니라는 뜻이 되겠네요."

"지은이가 항상 하는 말이 있어요."

나유리가 성지은의 말투를 따라 하며 했다.

"엄밀히 말하자면 이 세상에 쓰레기는 없는 거, 아무도 의미를 알아봐주지 못할 뿐이라는 거. 보기 나름인 거."

마동군이 웃음을 터뜨렸다. 인사하고 밖으로 나와, 새로봄안경원의 쇼윈도를 통해 안을 슬쩍 봤다. 윤수지는 손님과 이야기하는 중이다.

마동군은 더듬더듬 집까지 걸어서 돌아왔다. 에코백을 쥔 손이 이상하게 따뜻하게 느껴졌다.

주머니에는 아직 머리카락이 들어 있었다.

5

다음 날, 일요일 아침.

마동군은 거실로 나왔다. 아버지가 인간이 갓 태어났을 때와 같은 자연스러운 모습 그대로 잠들어 있다. 어젯밤 덮어준 이불을 발로 찬 모양이다.

"연예인도 쉬운 일이 아니구나."

마동군이 중얼거렸다.

어젯밤에는 자정이 지나서야 마리아노가 돌아왔다. 추가 촬영이 생각보다 길어졌는데 촬영장 위치도 집에서 멀었기 때문이다. 어제 새로봄안경원을 떠나자마자 바로 녹화 현장으로 간 마리아노는 열 시간의 촬영을 마치고 대리운전을 불러 집으로 돌아왔다.

마동군은 아버지에게 다시 이불을 덮어주고 혹시라도 잠에서 깨는 일이 없도록 조심조심 현관 밖으로 나갔다. 정원은 마동군이 신경 쓴 덕에 처음 왔을 때보다 훨씬 보기 좋게 개선되었다. 이제 곧 자동차 안도 이렇게 정리될 것이다. 밖으로 나가는 김에 차 내부도 청소할 예정이라 마동군은 자동차 키를 챙겼다. 우선 흑장미마트에서 먼저 장을 보려고 에코백을 들고 가게로 향했다.

열린 가게 문을 확인하고 안으로 들어갔다. 하지만 이모의 모습이 보이지 않는다. 계산대에는 못 보던 사람이 서 있다. 후드를 푹 눌러쓴 젊은 남자다.

"응?"

젊은 남자가 힐끗 보더니, 놀라 움찔했다. 마동군도 놀랐다. 마동군은 후드 쓴 남자를 알아봤다. 정확히는 마스크를 알아보았다. 이빨이 그려진 검은 마스크. 그때 그 사기꾼이다. 현금출납기에 손을 대고 있었다. 마침 안쪽에서 물건을 정리하는 중인지 덜그럭거리는 소리가 들려와, 큰 소리로 이모를 불렀다.

"이모! 도둑이에요!"

마동군이 안으로 들어가며 마스크 쓴 남자를 제지하

려 했다. 그러나 남자가 먼저 움직였다.

계산대 밖으로 뛰쳐나온 남자가 후드를 눌러쓴 채로 몸통 박치기를 하더니 그대로 달아났다. 막 들어오던 참이라 제대로 막지 못한 마동군이 뒤로 반보 주춤했다. 별다른 충격은 없었지만 그 틈에 남자가 도망치고 말았다.

"도둑이야!"

마동군이 소리 지르며 뒤쫓으려는데 뒤에서 이모의 목소리가 들려왔다.

"동군아, 놔둬."

"예? 왜요, 이모?"

"우리 아들 승훈이야. 그냥 놔둬."

이모가 깊은 한숨을 내쉬었다.

마동군은 이모를 따라 안채로 들어갔다.

흑장미마트 안쪽에는 생활공간으로 쓰는 안채가 있었다. 이제는 텔레비전 드라마나 대학가 근처 오래된 하숙집에서나 볼 수 있는 개량 한옥이다. 가게 물건이 군데군데 쌓여 있고, 시멘트를 바닥에 바른 안마당 한가운데에는 평상이 있다.

평상 위에 앉아 아침식사 대신 바나나를 먹으며, 마동

군은 곁에 앉은 이모한테서 사연을 들었다.

스턴트우먼을 거쳐 배우로 활동하던 이모가 현역 보디빌더였던 마동군의 어머니와 운동을 하다 알게 됐다는 사실은 저번에 들었다. 그런데 이 사연 뒤에 또 다른 사연이 숨어 있었다.

알고 보니 이모부를 이모에게 소개시켜준 사람이 바로 마동군의 어머니였다.

합기도 5단에 무술에만 온 정신을 쏟은 이모는 자기를 이기는 남자 아니면 상대 안 하겠다고 호언장담했다고 한다. 그런 이모는 마동군의 어머니 소개로 열한 살 연하인 이모부를 만나 프러포즈를 받았다.

알고 보니 영화광이었던 이모부는 〈여자합기도군영회〉라는 홍콩 한국 합작 영화에서 이모를 보고 반했다고 한다.

"이모, 영화배우였어요?"

"홍콩영화. 몇 편 안 나왔지만. 스턴트맨도 했었지."

나중에 알고 보니 〈여자합기도군영회〉는 홍콩의 어느 감독의 데뷔작으로, 그 감독은 훗날 세계적으로 인정받는 홍콩 느와르 감독이 됐다고 한다.

꿈에 그리던 영화배우 이모에게 어울리는 남자가 되기 위해, 이모부는 가장 먼저 허약 체질을 개선해야겠다고 결심했다고 한다. 헬스장에서 가는 팔로 겨우 바벨을 들어올리던 이모부는 마침 이 모습을 측은하게 여긴 보디빌더—바로 마동군의 어머니한테 운동을 배우게 되었다. 어느 정도 운동을 하게 된 어느 날 잡담 중에 어머니와 이모 사이를 알게 된 이모부는 어머니에게 '큐피드'가 되어달라고 부탁했다.

한동안 계속 따라다니던 이모부에게 진력이 난 이모는 한 가지 조건을 내걸었다. 자기와 대련해서 한 번이라도 이기면 프러포즈를 승낙하겠다는 것이다.

합기도 도장에서, 어머니가 입회한 가운데 대련이 시작되었다. 합기도 5단의 달인인 이모 앞에 선 이모부는 흡사 빈약한 몸을 꺼벙하게 도복으로 가린 모습이었다. 이모는 어이가 없어 헛웃음만 나왔다고 했다.

온갖 기술의 향연이었다.

이모부는 처참할 정도로 박살이 났다. 온몸의 관절이 다 뒤틀렸다. 세 시간 동안 연이어 벌어진 대련은 실패로 끝났다. 녹초가 된 이모부는 거친 숨을 몰아쉬며 말했다고 한다.

"기회를…… 한 번만 더, 기회를, 주세요."

이모부는 끈질겼다.

프러포즈 대련에 총 열한 번 도전했다.

도전이 이모의 11연승으로 끝나자, 이모부는 바닥에 널브러져 울음을 터뜨렸다.

"어울리는 남자가 못 돼서 미안해요. 귀찮게 해서 미안해요. 다시는 안 나타날게요."

당황한 이모 앞에서 이모부는 사라졌고, 이모와 어머니는 더 이상 체육관에서 이모부를 못 볼 것이라 생각했다고 한다.

하지만 이모부는 계속해서 운동을 이어나갔다. 어머니가 운동을 왜 계속하느냐고 물으니, 어울리는 남자가 못 된 게 아쉬워 혼자 계속 연습하는 중이라고 대답했다.

"소 도둑맞고 외양간 고치는 거지만, 스스로에게 아쉬워서요."

마침 어머니는 대회 준비로 더 이상 운동을 가르쳐주기 어려워졌고, 이모가 대신 운동을 가르쳐주게 되었다고 한다. 그리고 곁에서 바라본 이모부의 순수한 마음에 반해 결혼으로 이어지게 되었다.

행복은 금세 막을 내렸다.

다니던 회사가 도산한 후 이모부는 돈을 모으기 위해 두세 가지 일을 동시에 하면서 무리를 했다. 그렇게 빚을 내고 돈을 모아 슈퍼마켓을 막 차렸을 때는 이모부가 과로로 사망하고 말았다. 아들 윤승훈이 태어나고 막 16개월이 지났을 때였다.

이모와 이모부 두 사람 모두 천애고아였던 탓에, 이모는 홀로 남아 누구의 도움도 없이 자식과 가게를 책임져야 했다.

"그래서 그런 걸까? 내가 너무 방치해서 키웠나 봐. 중학교 때부터 학교 안 가겠다 그러더니, 또 제딴은 공부 좀 한다고 고집부리다가 검정고시 보고 바로 대입 시험을 봤는데, 떨어졌어. 몇 번이나 떨어진 거야. 재수학원도 다녔지만 실패했고, 바로 군대에 갔지. 군대 다녀오면 좀 달라질까 싶었는데 오히려 성격이 더 안 좋아지기만 했어. 집에 틀어박혀서 가게 일도 안 돕고 그냥 안에서 뭐 하고 지내는지 모르겠어. 가끔 어딜 나갔다 들어오면 뭘 하고 오는지 돈을 만들어서 오기는 하는데…… 그러다 안 되면 아까처럼 현금출납기를 건드리는 모양이야. 오늘도 아마 저녁 늦게 기어들어올 거야."

밝아 보이던 이모에게도 마음에 짐이 있다는 사실을

마동군은 이제야 알았다.

마동군은 어제 다녀왔던 정신과 분노의 방이 생각났다. 다른 사람의 눈을 피해 혼자서 마음을 정리할 수 있는 곳. 꼭 장소가 아니라도 누구에게나 그런 곳이 있어야 하는 게 아닐까 하는 생각이 든다. 사랑하는 사람이든 취미든, 의지할 무언가가 있어야 한다. 그게 잘못되면 도박이나 술이나 약에 빠지게 되는 것이겠지.

이모를 위로하고 집으로 돌아온 마동군은 무거운 마음을 바꿔볼 김에 아버지 자동차 안을 청소하기 시작했다.

미니밴 안은 여전히 엉망진창으로 쓰레기가 가득하다. 과자 부스러기나 동전도 많다.

"도대체 관리를 어떻게 하는 거야? 발레 할 때는 자기 관리 어떻게 하고 살았대?"

대강 쓰레기를 정리한 마동군은 흑장미마트에서 사온 넓적한 셀로판테이프로 여기저기 두들겨 먼지를 떼어냈다. 그러다 마동군은 앞좌석에서 이상한 쓰레기를 다시 발견했다.

긴 머리카락이다.

6

쓰레기를 정리하고 집으로 돌아갔다.

아버지는 외출 준비 중이다. 분명 촬영도 없는데, 양복을 완벽하게 갖춰 입고 향수를 뿌리고 있다. 새삼스럽게도, 친아들 눈에도 일상이 화보다. 질투 날 정도로.

"아버지, 어디 나가요?"

"응, 먼저 점심 머겅. 아마 저녁식사 전에 올거 같앙. (포즈)"

또 말할 때마다 마침표 찍듯이 포즈를 취한다. 익숙해질 법도 한데, 마동군은 한숨을 내쉬며 제대로 한심해했다.

"어디 가시는데요?"

그러고 보니, 아버지는 왜 집에 걸린 화이트보드 일정표에 아무 표시가 없는데도 가끔 나갔다 돌아오지? 그것도 꼭 주말에?

뭔가 수상한 낌새를 느낀 마동군은 의심의 눈초리로 아버지를 바라봤다.

"약속. 응? 차 키 어디 갔지? (드라마틱한 포즈)"

"집 정리를 안 하니까 어디 있는지 못 찾지."

"잔소리이이. (포즈) 또 시자아아악. (포즈)"

마동군은 일부러 모른 척하고 차 키 찾는 시늉을 했다.

마리아노가 바닥에 널브러진 쓰레기를 이리저리 발로 밀어내면서 차 키를 찾는 사이 마동군은 방으로 들어갔다.

휴대전화를 꺼내 콜택시 애플리케이션을 실행하고, 차 키 찾는 연극을 하면서 잔소리를 늘어놓는다. 그사이 아버지는 느긋하게, 정말 춤추듯 움직이며 나올 리 없는 차 키를 찾고 있다.

안경원에 가던 날, 처음 차 안에서 발견했던 머리카락.

방금 발견한 머리카락.

둘을 비교해본다.

똑같다.

길고 부스스하고 곱슬거리는 머리.

한 사람이 떠올랐다.

"설마?"

그때, 콜택시가 도착했다는 연락이 휴대전화 진동으로 전해졌다. 연극이 끝남을 알리는 신호다.

마동군은 아버지의 옷방으로 들어가 아버지가 집에서 자주 입는 트레이닝복 바지를 들고 나오면서 차 키를 내밀었다.

"차 키 여기 있네! 아무 데나 옷 벗어놓으니까 그렇지. 하여튼."

"오띠모! (포즈) 다녀올게에엥. (스텝)"

발레 스텝으로 쓰레기를 피하며 마리아노가 현관을 나섰다.

서둘러야 했다.

아무리 아버지라도 차 안이 정리된 모습을 보면 아들이 치웠다는 사실을 깨달을 것이고, 방금 벌어진 촌극이 부자연스럽다고 깨달을 것이다.

눈치채지 못하기를 빌며, 아버지 차가 출발하기만을 기다린 마동군은 미니밴이 멀어지기 전에 흑장미마트로 뛰어갔다. 앱으로 불러놓은 택시가 대기 중이다.

택시에 급히 올라탄 마동군이 "저 차 뒤를 쫓아주세요" 하고 말하자, 택시기사 아저씨는 어이없다는 표정을 짓는다. 요즘 영화에 자주 등장하곤 하는 택시기사는 이런 때에 '영화에서 볼 때마다 얼마나 하고 싶었다고!' 말하며 신나게 뒤를 쫓는데, 현실은 언제나 영화보다 기이하고 또 평범하기 짝이 없다. 지금 현실의 택시기사는 이 상황이 장난인 줄 아는 모양인지 머뭇거린다.

"빨리요, 놓치지 말고."

"목적지를 제대로 말해야지."

"좌회전하잖아요! 빨리요! 현금으로 드릴게요!"

"쯧."

귀찮은 손님과 말다툼하면 더 귀찮은 일이 벌어질까봐서인지, 택시가 출발한다.

마동군은 미니밴 꽁무니를 뚫어져라 쳐다보았다.

머릿속으로는 복잡한 생각이 오고간다.

S시로 올 때의 그 택시기사가 말했던 루머가 뒤통수를 계속 깨물어댄다.

현재 쥐고 있는 정보만 놓고 보면 길고 곱슬하고 푸석한 머리카락은 오직 성지은뿐이다.

성지은은 아버지가 버린 쓰레기를 뒤질 정도로 열성팬이니, 어쩌면 아버지와도 면식이 있을지도 모른다.

게다가 두 사람 모두 성격이 보통 특이한 사람이 아니니까 상식으로 이해하려고 해서는 안 될지도 모른다.

"손님. 저 차, 서는 것 같은데 어떻게 할까요?"

택시기사가 부르는 소리에 마동군이 고개를 들었다.

아버지의 미니밴이 고물상 앞에 정차했다. '지장 고물상'이라고 적힌 간판에는 불상 그림이 그려져 있다. 가설 벽 너머로 폐품이 산더미처럼 쌓여 있는 모습이 보이지 않았다면 수상쩍은 종교 관련 시설인 줄 착각했을지도 모른다.

"내릴 거요?"

"잠시만요."

"내릴 거냐고?"

"앗!"

아버지의 차로 사람이 접근한다. 그리고 자연스럽게 앞좌석에 올라탔다.

"이럴 수가."

"내릴 거냐니까."

마리아노의 미니밴이 다시 출발했다.

"아니요, 계속 쫓아가주세요."

택시가 다시 움직였다.

마동군은 머리를 쥐어뜯었다. 뒤쫓는 택시 안에서 마동군의 머릿속은 복잡해졌다.

믿었던 내가 바보다. 이 변태 영감쟁이가.

성지은이었다.

남의 집 쓰레기를 뒤지면서 쓰레기의 의미를 열변하는 괴짜 아이.

하지만 솔직하게 자기 잘못을 인정하는 아이.

이상한 고무 기구로 몸을 감싼, 푸석하고 긴 머리를 한 아이.

다른 사람을 통해서나마 마음을 전하려고 하는 아이.

특이할지는 몰라도 착하고 순수한 아이.

성지은의 그런 면을 아버지가 이용하고 있는 게 아니기를 바랐다.

온몸에는 힘이 들어간다. 절로 주먹이 쥐어진다. 자기도 모르게 이를 악문다. 잇새로 들락날락하는 숨소리가 거칠어진다. 화가 나서 진정이 안 된다.

미니밴이 달린다.

택시가 뒤따른다.

미니밴이 멈춘 곳은 새로봄안경원이 있는 건물 뒤쪽이었다. 자동차에서 아버지와 성지은이 내린다.

"세워주세요!"

미니밴에서 조금 떨어진 곳에 택시가 급정거했다. 택시기사의 노골적인 짜증도 무시한 채, 마동군은 미리 준비한 현금을 던져놓고 차에서 내린다.

"거스름돈은 됐어요."

택시기사가 투덜거리면서 돈을 줍고 떠나는 사이, 마

동군은 들키지 않으려고 숨으며 접근했다.

아버지와 성지은은 서로 한 걸음 떨어진 채로 걸었다. 연인처럼 나란히 걷는 모습은 전혀 아니다. 하지만 원조교제 같은 것이라면 혹시 또 모른다는 생각이 언뜻 머릿속을 스쳐 지나간다. 돈이 오가는 관계라면 저렇게 걸을 법도 하다. 아니면, 연예인이니 다른 사람 눈을 의식한 것일 수도 있다.

가슴속이 타들어가는 것 같다.

아버지와 성지은 두 사람이 새로봄안경원 건물 뒤에 있는 철문 앞에 섰다. 철문에는 비밀번호를 입력하는 전자식 잠금장치가 붙어 있는 모양인지, 아버지가 능숙한 솜씨로 버튼을 누른다.

전자음이 삑삑삑, 하고 울린다.

문이 열리자 두 사람이 안으로 들어간다.

저 문이 닫히면 마동군은 열 수 없다. 달려간다. 문이 닫히기 전에 급히 발을 집어넣는다. 다행히 문은 천천히 닫히도록 유압식 장치가 붙어 있었다.

문틈으로 위층에 있는 정신과 시간의 방의 웅장하지만 먹먹한 음악 소리가 들려온다.

혹시라도 눈치채지는 않았나 싶어서, 마동군은 문을

아주 살짝만 연 채로 숨죽이고 귀를 기울였다.

다행히 눈치채지는 못한 모양이었다. 아래쪽 계단으로 내려가는 소리에 이어 두꺼운 문이 열리는 소리만 들렸다.

마동군이 철문 안으로 들어갔다.

계단을 내려가자 또 다른 문을 마주한 마동군은 기세 좋게 손을 뻗다가 갑자기 주저했다. 문이 잠겨 있으면 어떻게 하지?

위쪽 철문처럼 전자식 자물쇠가 달려 있지는 않다.

하지만, 들어가자마자 직접 잠글 수는 있다.

열리지 않는 문을 두고 자기가 아버지와 고함치며 대치하는 광경이 떠오른다. 혹시라도 위에 있을 윤수지와 나유리까지 소리를 듣고 다가오면 상황은 더욱 어색하고 난처해진다. 숨막혀 죽을지도 모른다.

차라리 입 다물고 집으로 돌아가야 하나?

집에서 이야기하는 게 나을까?

하지만, 현장을 잡지 않으면 아무런 증거도 없으니 혹여나 시치미 떼면 아무 말도 못 한다.

역시 지금 열고 들어가야만 한다.

마동군이 손잡이를 잡았다. 'ㄱ'자 모양으로 튀어나온

손잡이라 아래로 눌러 여는 형태다. 누르니 걸리는 구석 없이 슥 열린다. 아마 철문의 잠금장치 때문에 굳이 이 문까지 잠그지 않는 모양이다.

기합을 넣자. 상황의 주도권을 잡아야 한다.

가자.

"으아아아아아!"

기합을 내지르며 안으로 뛰어 들어갔다.

넓은 홀 같은 공간이었다. 공간 한가운데에서 마리아 노는 한창 옷을 벗으며, 팬티 차림이 되는 중이다.

"어? 아드을? 여기는 웬일이야?"

"이 미친놈아!"

분노한 마동군이 달려들었다.

"지금 뭐 하는 거야! 옷 다 벗고!"

"뭐 하냐고? 크로키 모델."

"크로키 모델?"

7

마리아노는 혼란에 빠진 아들에게 다가와 옷을 벗기

기 시작했다.

마동군이 당황해 소리쳤다.

"우왁! 뭐 하는 거야?"

마리아노가 귓가에 대고 속삭였다.

"동군아, 네가 이렇게 버티면 오늘 미술 연습하려고 모인 친구들 시간을 뺏는 게 되는 거야. 그래도 좋아? 아빠는 동군이를 그런 아이로 키우지 않았다. 아차, 내가 안 키웠구나. 미안."

"내 대사 뺏지 마! 안 키웠다는 말은 내가 해야지."

마동군이 주변을 둘러보았다. 넓은 공간에는 자신보다 어리거나 또래로 보이는 남녀 두어 명이 당황한 표정으로 손에 연필을 들고 있었다. 크로키는 거짓말이 아닌 모양이다.

"도대체 여긴 뭐 하는 곳이에요?"

"궁금해? 그럼 일단 옷부터 벗자아앙."

"아오. 옷 늘어나요. 일단 놔봐."

포기한 마동군이 스스로 옷을 벗으려다 멈칫했다. 수술 자국이 신경 쓰였다.

"왜, 팬티 신경 쓰여? 오늘은 첫날이니까 상체만."

"첫나알?"

"설명은 나중에. (포즈) 자, 여러분. 크로키 시작이에요. 오띠모!"

하는 수 없다.

마동군은 일단 아버지의 말을 따르기로 했다. 상의 탈의한 마동군의 몸은 프로레슬러나 씨름선수 같다. 벌크 좋게 발달한 큰 체격에 지방이 살짝 도포된 건장한 몸이다.

그리스의 대리석 조각처럼 매끈하고 깔끔한 몸을 한 마리아노가 발레 포즈를 취한다. 아버지의 등쌀에 마동군도 몸에 인이 박인 발레 포즈를 취한다. 아버지의 포즈가 우아하고 아름다운 데 비해, 프로레슬러 같은 몸의 자신이 취한 발레 포즈는 발레를 패러디한 농담같이 느껴져, 마동군은 기분이 상한다.

"다음 포즈. (포즈)"

아버지가 지시할 때마다 포즈를 바꾸었다.

크로키는 몸의 윤곽이나 동세를 한눈에 파악해 바로 종이 위에 옮겨야 하므로, 같은 포즈를 계속 유지할 필요는 없다.

포즈를 취하면서 눈을 둘 데가 없어 시선을 돌리다 보니, 크로키 중인 두어 명 말고도 공간에는 모두 대여섯 명 정도의 사람들이 있다는 사실을 깨달았다.

127

각자 자기 일을 하느라 바빴다.

다시 시선을 돌리던 와중에, 잡동사니 너머로 머리를 내미는 한 사람을 발견했다.

성지은이다.

'죽은 눈'으로 자신을 빤히 10여 초 응시하다가, 눈이 마주치자 다시 고개를 돌린다.

"아버지."

"으응? 포즈. (포즈)"

"(포즈) 저 성지은이라는 애랑은 무슨 관계야?"

"아, 지은이?"

"사랑하는 사이, 같은 소리 하면 가만 안 둔다?

"내가? 지은이랑? 하하하하! 너보다 어린 앤뎅?"

"그럼 무슨 사인데요?"

"내 스토커."

"스토커?"

"웅. 스토커. 집 쓰레기통을 뒤지고 있더라고. 그러다 알게 되었어."

"그 설명으로는 상황의 전모가 다 보이지 않는데. 좀 더 자세히 설명……."

"포즈. (포즈)"

"아오. (포즈)"

아버지가 우아한 아라베스크 자세를 취했다.

"도와쥉."

"끙."

마동군은 우뚝 서서 아버지가 자기 어깨를 바처럼 잡
게 했다. 허리에 감은 챔피언벨트를 관객에게 자랑하며
허세 부리는 프로레슬러 같다.

"오띠모! 역시 우리 아드을이야."

"시끄러."

"후훗."

크로키를 하던 여자아이가 살짝 웃음을 짓는다.

긴 머리에 원피스를 입은 소녀는 연예인이라고 해도
믿을 만큼 예쁘고 단아한 몸짓을 보였다. 그런데 마동군
은 어딘가 모르게 중성적인 느낌을 받았다.

여자아이가 웃음 짓자마자, 갑자기 쾅, 하고 큰 소리가
났다.

소리에 반응한 마동군이 고개를 돌렸다. 멀리 떨어진
곳에 놓인 책상에서 소년이 벌떡 일어난다. 아는 얼굴이
다.

템파.

템파가 성난 걸음걸이로 성큼성큼 다가와 마동군을 노려본다. 키가 작아 커다란 마동군을 올려다본다. 당황한 마동군이 똑같이 노려보자, 템파가 고개를 돌려 미소 짓던 소녀를 쏘아봤다. 소녀가 고개를 돌린다. 더욱 화가 치솟아 얼굴이 빨개진 템파가 밖으로 나갔다.

그 모습을 본 마동군은 템파가 정신과 분노의 방에서 보인 모습을 떠올렸고, 그 격렬한 감정이 저 소녀 때문에 일어난 것임을 깨달았다.

템파가 바닥을 쿵쿵 울리며 밖으로 나가는 소리가 들린다. 그리고 스치듯 무슨 소리도 들려온다.

"템파, 왜 그래? 오늘 '위'는 쉬는 날인데? 템파야? 왜 저러지."

문이 열리고, 윤수지가 안으로 들어온다.

"어머? 동글아?"

목소리를 듣고 깜짝 놀란 마동군이 급히 포즈를 풀었다. (아버지가 휘청거리든 말든 상관하지 않았다.) 템파처럼 밖으로 나가버리고 싶었다.

"아들. 포즈. (포즈)"

"시끄러워!"

급히 윗옷을 입으려는데, 윤수지가 쟁반에 간식을 들

130

고 다가오는 모습이 보인다. 반갑게 다가온 윤수지가 말을 걸었다.

"동글이도 우리 '매립지' 일원이 된 거니?"

"매립지요?"

"어머, 마리아노 씨가 데리고 오신 거 아니에요?"

"아닝."

옷을 다 입은 마동군이 마리아노에게 따졌다.

"아버지, 어차피 이제 크로키 계속하기도 무리인 것 같은데, 사정 좀 설명해주지 그래?"

"알았엉. 자, 휴식."

"휴식에는 간식이 최고죠."

윤수지가 바닥에 쟁반을 내려놓았다.

간식을 먹으며 마동군은 윤수지의 이야기를 들었다. 중간중간 아버지도 끼어들며 설명해주었다.

8

윤수지는 대학 시절 남자 때문에 괴로운 경험을 했다.

그저 지인으로서 호의를 베풀었을 뿐인데도, 복학한 대

학 선배가 윤수지에게 연인 관계를 맺기를 강요했다. 자기 혼자 착각하고, 자기 혼자 사귀는 사이라고 단정 지어 여기저기에 자랑을 하고 다녔고, 해명하고 나선 윤수지를 어장 관리를 한다고 몰아붙이며 집요하게 괴롭혀댔다. 끈질기게 거절해도 듣지 않자, 신뢰하던 고등학교 선배에게 도움을 요청했고, 인맥도 넓고 재력도 좋은 선배가 지원해준 덕분에, 접근금지 처분을 받아내는 데 성공했다. 접근금지를 무시하고 난리를 치는 복학생 때문에 윤수지는 고등학교 선배의 도움을 또 받아야 했지만, 그래도 결국 해결은 했다.

마음의 상처가 컸던 윤수지는 1년 정도 휴학하고 집에서만 틀어박혀 지냈다. 그때부터 윤수지의 마음에 그림자가 드리우기 시작했다. 그림자를 더욱 짙게 만든 것은 그 복학생이었다. 윤수지가 휴학한 사이, 앙심을 품은 복학생은 유언비어를 퍼뜨리고 다녔다. 안경학을 전공하는 대학은 전국적으로 수가 많은 편이 아니다 보니 소문은 금세 퍼졌다. 윤수지는 안경사 국가시험에 붙고 나서, 자신의 평판이 매우 좋지 않다는 사실을 알았다. 항변해도 이미 때가 늦었다.

안경사로 취직해 근무하는 동안은 웃으면서 손님을

대하고 청결에도 신경 썼지만, 윤수지는 자취방에 돌아가 혼자가 되면 사람들이 비난하는 목소리가 들리는 것만 같아 음식이 목을 넘어가지 않을 정도로 스트레스를 받았다. 몸은 말라가고 집은 점점 더러워져만 갔다. 집에 가면 아무것도 하고 싶지 않았다.

무기력과 우울이 쓰레기와 함께 늘어만 갔다. 그렇게 10평 원룸 안이 쓰레기로 가득 찼다.

판단 능력도 점점 떨어져갔다. 이성적으로 판단하는 데 피곤함을 느끼다 보니, 어떤 게 쓰레기고 어떤 게 아닌지 구분하기도 어려웠다. 화장실 안에 쌓인 쓰레기를 보면서 멍하니 욕조에 들어가거나, 편의점 도시락 잔반에서 냄새가 나는데도 멍하니 쳐다보기만 했다. 휴일에는 꼼짝도 못 하고 그저 한쪽 구석에 마련된 소파에 앉아 잠만 잤다.

밖에 나갈 때는 이러한 기색을 전혀 보이지는 않았다. 그래서 주변의 그 누구도 이 사실을 몰랐다.

윤수지의 마음은 점점 지쳐갔다.

직장 내 괴롭힘도 한몫했다. 윤수지가 거절하지 못하는 성격임을 알자, 사장은 이를 이용해 쉬는 날 없이 출근하라고 강요했다. 야근수당도 관습상 원래 없다며 주지 않았다. 부당한 노동조건에 항의할 기력도 판단력도 닳아버린 상황이라, 윤수지는 사장에게도 나름대로 사정이 있어 그런 것이라고 혼자 납득하며 시키는 대로 따랐다.

그러던 어느 날, '태양신 아폴로'가 가게로 들어왔다. 마리아노였다.

오지랖 넓은 마동군의 성격은 아버지에게 물려받은 모양이다. 선글라스 피팅을 받으러 들어온 마리아노는 어두운 표정으로 일하면서도 애써 웃으며 아무 일도 아니라고 손사래 치는 윤수지에게 무슨 일 있느냐고 집요하게 물었다. 나중이 되어서야 윤수지는 마리아노에게 무슨 속셈이 있어서가 아니라 그저 오지랖이 넓어서 가게에 몇 번이고 찾아와 자신의 안색을 살폈다는 걸 알았다. 그러던 어느 날 윤수지는 마리아노에게 안경 피팅을 해주다가 세상이 빙빙 도는 것 같다고 말하며 쓰러졌다. 스트레스 때문이었다.

마리아노는 윤수지를 병원으로 데려갔다. 이 사실을 알리러 마리아노는 다시 가게로 왔지만 사장은 별로 걱정하는 기색이 없었다. 오히려 왜 일하다 쓰러지느냐고 화를 내며 윤수지를 탓했다. 다시 병원으로 온 마리아노는 그새 윤수지가 병원에서 사라졌다는 걸 알았다. 마리아노는 가게 사장에게 물어 윤수지의 주소를 알아냈고 그 집으로 직접 찾아갔다. 윤수지가 집 안에서 큰 소리로, 하지만 공손한 말투로 돌아가라고 외쳤다.

혹시나 해서 마리아노가 문을 열어봤는데, 잠겨 있지 않았다.

아니, 잠글 수가 없었다.

문을 열자 허리까지 쌓인 쓰레기 더미가 있었다.

마동군은 여기까지 이야기를 듣고, 단어 하나를 떠올렸다. 일본에서 최근 10여 년 동안 사회문제가 된 단어다.

고미야시키, 직역하면 '쓰레기 저택'이라는 뜻이다. 그리고 그렇게 사는 사람을 우리나라에서는 강박적 축적 장애인이라고 부르는데, 영어권에서는 물건을 쌓아둔다는 의미로 호더(hoarder)라고 부른다. 사람이 눕거나 앉을 공간은커녕 발 디딜 곳도 없을 정도로 물건이 몇 미터나 쌓인 집을 말한다. 흔히 돈이 없다 보니 그리 된다고 생각하기 쉽지만, 실제 처리업자의 말을 들어보면 오히려 청소하는 중에 몇백, 몇천만 원 혹은 금괴가 발견되는 경우도 있다고 한다. 따라서 무조건 물질적인 이유 때문만은 아니다. 원인은 여러 가지로 추정되나, 대부분 공통적으로 지적하는 문제가 있다.

직접 경험한 윤수지도 마찬가지였다.

마음의 문제.

일본에서는 쓰레기 저택 전문업자에게 가장 많이 의뢰하는 직업이 간호사라고 한다. 특히 동네 병원에서 일하는 간호사보다도, 큰 병원 간호사가 더 많은데, 응급실에서 근무하거나 수술에 참여하는 일이 많아 사람 생명이 위기에 처하는 광경을 자주 목격하기 때문이다. 그런 상황을 계속 겪다 보면 몸과 마음에 병이 나서 집에서는 꼬박 잠에만 의지하는 것이다. 윤수지의 경우도 마찬가지일 것이다. 힘든 근무 환경에 처해 있었기 때문에 같은 결과가 나타난 것이다.

쓰레기 저택의 풍경이 곧 마음의 풍경인 셈이다.

그래도 다행히 윤수지의 방은 초기 상태였다고 한다. 마리아노는 아는 사람 중 고물상을 하는 사람이 있다고 소개해줬다. 성지은이 사는 지장 고물상이었다.

마리아노는 자신도 예전에 이렇게 도움을 받은 적이 있었다며, 윤수지를 돕기 시작했다.

먼저 일하던 안경원을 그만두게 했고, 마리아노가 S시에서 발레를 하던 후배를 도와주느라 산 오래되고 싼 건물을 빌려주었다.

지하 1층, 지상 4층 건물로, 윤수지는 마리아노의 투자를 받아 이 건물 1층에 새로봄 안경원을 열게 되었다.

어느 정도 마음을 회복한 윤수지는 마리아노에게 자신처럼 마음의 상처로 괴로워하는 사람들을 돕고 싶다고 말했다.

윤수지의 뜻을 안 성지은이 그 건물에 마음의 쓰레기를 처리할 수 있는 쓰레기통과 마음 편히 놀면서 괴로움을 묻어버릴 수 있는 아지트를 만들자는 아이디어를 냈다.

9

윤수지가 말했다.

"그렇게 시작한 게 이 매립지야. 그리고 2층은 정신과 분노의 방이고."

이야기를 다 듣고 마동군이 물었다.

"스트레스 해소하는 데가 정신과 분노의 방이라는 이름인 것은 패러디라는 걸 알겠는데, 매립지? 왜 그런 이름으로……?"

"오! 아들도 〈드래곤볼〉 좋아해?"

"지금 물어보잖아! 말 끊지 마."

"매립지라는 이름은 과거의 여한과 괴로움을 묻는 곳이라는 뜻을 담아 지었어. 마리아노 씨가."

"아버지가?"

"응. 아빠도 예전에 그런 공간이 있었거든. 그때는 그 아지트를 디스카리카(Discarica)라고 불렀지만. 이탈리아어로 매립지."

윤수지의 목소리가 진지하게 변했다.

"언제까지나 계속 여기에 머물러 있어서는 결국, 똑같아지고 말아. 여기는 어디까지나 마음의 쓰레기를 분리수거해서 버리고 나 자신과 다른 사람과 세상을 알아가는 곳이야. 여러 가지 활동을 하고 싶다고 하면 장소를 빌려주는 거지. 말하자면 광장이나 대학 같은 곳이야. 대신 최대 4년까지만 지낼 수 있는 게 규칙이고. 4년이 지나면 졸업해 사회로 나가야 해. 가끔 찾아오는 것은 문제없지만."

"그러다 보니."

갑자기 성지은이 불쑥 대화에 끼어들었다.

"온 동네 온갖 괴짜가 다 모이는 거. 정말 시끄러워. 옛날에는 조용했는데, 연구에 방해될 지경인 거."

아니, 네가 제일 이상하거든? 하고 생각하는 마동군에
게 누가 말을 걸어왔다.

"지금 지은이보고 이상하다고 생각했죠?"

어느새 나유리가 매립지에 들어와 있었다.

"아니거든요."

"아니긴요. 내가 얼마나 눈치가 빠른데. 눈치 1000단
이에요."

"쟤한테 좀 나눠주지 그래요?"

"지은이가 매립지와 정신과 분노의 방에 얼마나 지분
을 많이 차지하고 있는데요. 여기 회원이 된 이상 지은이
한테 함부로 못 할걸요?"

"잠깐만, 난 여기 회원이 되겠다고 한 적 없는데요?"

"어머, 정말요? 재수 공부 하려고 여기 올 거라 생각했
는데. 지금 입시 때문에 고민하고 있는 거 아니었어요?"

"그걸, 어떻게?"

"잠깐만, 이쪽으로."

나유리가 양해를 구하며 한쪽 구석으로 마동군을 데
리고 갔다. 어제 처음 본 사람치고는 어색해하는 구석이
없다.

"재수, 제가 도와줄게요. 이래 봬도 저 모의고사 전국

50위권에 매번 든다고요. 실력 믿을 만하죠? 도와줄게요. 저도 사실 수학은 지은이한테 배워요. 대신 조건이 있어요."

"성지은이라는 애랑 놀아주라는 거죠?"

"오? 용케 알았네요?"

"느낌으로. 그동안 이렇게 쟤를 위해 완충장치 역할을 해줬죠? 하지만, 이제 고3이니까 자주 보기도 어려워질 것 같고, 쟤는 학교 안 다닌다고 했으니 도와주기 어려울 것이고."

"지은이는 천재거든요. 수능 따위 아무것도 아니거든요. 하지만 전에도 말했지만 지은이는 사람의 마음을 잘 이해하지 못해요. 상상만으로 인물의 성격이나 행동이나 상황을 시뮬레이션해서 분석할 정도예요. 마치 프로그램 짜듯이. 하지만 아시다시피 그런 식으로 외워서 하는 행동은 언제나 실수할 수 있잖아요? 그래서 오해도 많이 받아요. 만약 제가 같은 상황이라면 혼자만의 세계에 갇혀 지냈을지도 몰라요. 지은이는 달라요. 평범한 사람이 자연스럽게 느끼는 정서나 감정을 어떻게든 이해하려고 노력하죠. 어쩌면 자라온 환경의 영향도 있을 거예요."

"고물상을 하는 것 같던데, 수상쩍은 불상 그림 같은

게 그려져 있었어요."

"네. 친척 집이에요. 저도 잘 모르는 사정이 있는 모양이에요. 저도 여기 전학 왔거든요. 실은 제가 만화를 좋아해서, 중고 만화책을 구하러 돌아다니다가 우연히 지은이랑 알게 되었거든요. 고물상을 하다 보니 폐지나 헌책도 모이는 모양이에요. 그렇게 친해졌죠. 친척분이 스님이에요. 무애 스님이라고. 젊었을 때 거칠게 사셨다는데, 노숙자 자립 공동체를 만들어서 고물상을 통해 재활하도록 돕는 활동을 하세요. 방송에도 몇 번 나왔어요. 환경이 그렇다 보니 지은이는 사람들이 버리는 쓰레기를 관찰하거나, 다양한 인생 경험을 한 어른들 이야기를 들으면서 세상과 끈을 놓지 않은 것이겠죠. 그래서 이 아지트 아이디어도 얻은 모양이에요. 마침, 학교에서 멀어지고 싶기도 했었던 모양이고요."

"그런 기분, 나도 모르는 사람은 아니기는 한데."

"그럴 것 같았어요. 어때요? 매립지의 일원이 되어서 지은이랑 같이 노는 건? 서로에게 윈윈이잖아요? 집에만 있는 것보다 낫고. 게다가 한 가지 옵션이 더 붙고."

"무슨 옵션?"

"에이, 왜 이래요? 동글 씨. 핑계도 생기고 좋잖아요?

마동군은 고개를 돌리고 뒤를 보았다. 마리아노는 포즈를 취하고 있고, 윤수지와 성지은이 대화를 나누고 있다. 마동군과 눈이 마주친 윤수지가 손을 흔들며 미소 짓는다. 성지은은 '죽은 눈'으로 마동군을 똑바로 쳐다본다. 입술 사이로 상어 같은 이도 살짝 드러내며. 무표정하게.

"알았어요. 협력할게요. 대신 공부 잘 가르쳐줘야 해요. 대학 입시는 모두 맡길 테니까."

"계약 성립이네요."

나유리가 악수를 청했다.

마동군은 힘없이 악수했다.

"매립지에 온 걸 환영해요."

나유리가 미소 짓는다.

4

명탐정 콤비 결성과
첫 번째 분리수거

1

마동군이 매립지를 알게 된 지 사흘이 지난 수요일이었다.

마동군은 나유리에게 추천받은 참고서와 문제집을 사려고 시내로 향했다. 얼마 전 선물 받은 재활용 에코백을 들고 버스에 타자, 독창적인 디자인이 승객의 눈길을 끈다. 어디 브랜드인지 확인하려는 주변 시선이 의외로 나쁘지 않다.

서점에 들러 참고서와 문제집을 찾은 다음, 다시 한글 독해에 길을 들일 필요가 있어 책을 몇 권 더 샀다.

독서법에 대한 책 두어 권과 지문 읽기 연습을 위한

논픽션인 『국화와 칼』이라는 책이다. 일본학 연구 도서라 내용이 익숙할 것이라는 이유에서 나유리와 성지은에게 추천받았다.

그리고 얇아 보이는 소설을 (한국 최초의 와이드스크린 바로크라는 장르를 구사한 스페이스 오페라라는 거창한 광고가 붙어 있는 시리즈 SF소설이었다) 골랐다. 얇았고 무엇보다 SF는 일본에서 전통적으로 인기 있는 장르라 손이 갔다.

다음으로는 헌책방으로 향했다. 교과서를 구하려면 총판이나 지정 서점에 가야 하고, 그 외에는 헌책으로 사야 하기 때문이다. 당장 교과서를 구하기에는 헌책방이 빠르고 값도 싸다.

나유리와 성지은이 알려준 헌책방은 두익서점이라는 반지하에 있는 가게였다. 성지은은 헌책방에도 정보가 밝았는데, 고물상과 헌책방은 본래 거래가 활발하기 때문이라 했다.

반지하면 어두컴컴하고, 눅눅하고, 냄새날 것 같아 걱정했는데, 막상 들어가보니 오히려 LED 전등 불빛이 쨍쨍했다. 은은하게 풍기는 향과 서늘한 공기로 쾌적한 느낌이 들 정도였다. 에어컨 때문에 전기세가 상당할 것 같다. 책꽂이에 다 들어가지 못해 바닥에 쌓아놓은 책 탑과 책 산맥이 군데군데 보인다. 자칫하면 쏟아질까 봐 덩치 큰 마동군은 살짝 몸이 움츠러들었다.

"어서 오세요."

주인으로 보이는 아저씨가 인사했다. 나중에 명함을 보니 이름이 송두익이었고, 사십대 중반 정도로 보였다. 마동군이 인사하면서 교과서를 찾는다고 말하니, 바로 찾아주었다.

기왕 온 김에 구경이나 할까 하는 가벼운 마음으로 마동군은 안을 둘러보았다. 옛날에 읽었던 어린이 소설을 보고 추억에 젖다가, 일본어 원서 서가에서 일본영화 관련 전통 있는 잡지가 죽 늘어서 있는 것을 발견하고 탄성을 질렀다. 『시나리오』라는 역사가 오래된 잡지다. 일본에서 살 때 서점에서 본 적이 있다.

아무도 사지 않아도 항상 있는 잡지. 설마 이런 곳에서 볼 줄이야, 마동군은 놀라웠다.

어느새 곁에 다가온 헌책방 주인이 부드럽게 말을 걸어왔다.

"일본어 할 줄 아시나 보네요?"

"아, 네. 일본에서 살았거든요."

"그러시군요. 이 잡지는 나이 지긋하신 영화 마니아분이 돌아가시면서 남긴 유품이랍니다. 그 시대 분들은 일본어도 읽을 줄 알았는데. 정보를 얻을 만한 창구가 지금처럼 다양하지 않았으니까요. 일본에서 자료를 많이 구해 왔지요."

"한국영화 특집도 있네요? 어?"

마동군이 잡지 하나를 꺼내 들었다가, 표지에 익숙한 얼굴이 보여 깜짝 놀랐다. 혹시나 해서 펼쳐 보니, 포스터 브로마이드가 들어 있다. 제목이 한자로는 '女合氣道 群英會' 영어로는 'The League of Lady Hapkido'라고 쓰여 있고, 한국, 홍콩, 일본 합작 무술영화란다. 브로마이드 속 흰 도복을 입고 무술 자세를 취한 여자는 지금 모습보다 훨씬 갸름하고 날씬하지만 시원시원한 이목구비는 변하지 않았다.

"창선이 이모?"

"이 영화 아세요? 영화 내용 자체는 평범할지 몰라도 감독이 나중에 아주 유명해졌죠. 손님은 젊어서 잘 모를 수도 있는데."

"진짜 영화배우였구나."

"아는 분이신가요, 이분?"

"네."

마동군은 고개를 끄덕였다.

설마 사장님도 이분이 같은 S시에서 사는 자영업자 동지라고는 상상도 못 하겠지.

"그럼 선물하시는 게 어떤가요? 오늘 처음 오신 손님이니까, 공짜로 드릴게요."

"정말요? 고맙습니다!"

다른 손님이 오자, 송두익은 계산대로 돌아갔다. 마동군도 슬슬 돌아갈 생각으로 책을 들고 뒤따랐다.

마동군은 계산대 옆에 선 남자를 보고 기시감이 들었다. 마스크를 쓰고 후드를 눌러쓴 모습이 분명 낯이 익다.

"아!"

상대방 남자가 먼저 알아보고 갑자기 손을 내밀며 악수를 청한다. 당황한 마동군이 어물어물 손을 내밀자, 상대는 위아래로 거칠게 흔들며 악수했다.

상대가 고개를 숙이자 후드가 살짝 벗겨지면서 머리 한가운데의 대머리가 드러난다. 대머리 덕분에 기억이 되살아났다.

다섯 번째 선행.

저번에 역에서 봤던 중고거래 사기 피해자다.

"일전에는 고마웠습니다."

비굴해 보일 정도로 몸을 낮춘 말투로 남자가 말했다.

"아. 역 앞에서."

"네, 네. 저기, 제가 좀 바빠서…… 먼저 계산해도 되겠습니까? 감사합니다. 이거 사시나요? 제가 대신 내겠습니다."

"네? 아뇨, 아뇨. 그러지 않으셔도 되는데……."

"괜찮아요, 저 여기 단골이니까. 사장님, 이거랑, 이분 책도 같이 계산해주세요."

그 남자는 행동 하나하나가 흥분한 어린아이나 신경질적인 사람같이 허둥댄다. 이리저리 살피는 눈초리에서도 불안한 기색이 엿보인다. 남자가 지갑에서 지폐를 꺼낸다. 저번처럼 모두 구권 5천 원권이다. 마동군이 지폐를 신기하게 쳐다보자, 묻지도 않았는데 남자가 변명하듯 말했다.

"제가 택시기사를 해서요, 심심할 때 차 안에서 조금씩 책을 보고 그러는 게 취미거든요. 천 원짜리도 많이 만들어야 하고. 저기, 여기 자주 오십니까?"

"아뇨. 오늘 처음 왔어요."

"처음 왔으니 이제 단골이 되겠죠. 그런 거죠, 그렇죠?

사장님? 아! 사장님, 사장님, 지폐는 천 원권으로 주시겠습니까? 제가 택시기사를 하고 있어서 잔돈이 필요하거든요."

당황한 송두익은 고개를 갸웃거리면서 잔돈을 모두 천 원권 지폐로 주었다.

인사하고 나가는 남자를 보며, 마동군은 위화감을 느꼈다. 마스크를 벗지 않고 이야기하는 모습이나 다른 사람에게 선뜻 책을 사주는 모습 때문에 그런 것은 아니다.

느낌으로 알 수 있었다.

저 남자는 무언가를 숨기고 있다.

에코백에 산 책을 모두 넣고 (역시나 튼튼해서 책으로 꽉 차 묵직해졌는데도 끄떡없었다) 계단을 올라오니, 시선을 느꼈다.

마동군은 혹시 그 남자가 지켜보는 게 아닐까 싶었다.

송두익의 말로는 한 달에 두어 번 찾아오는 손님으로 매번 저렇게 마스크를 쓰고 있다고 했다. 태도가 올바르고 말이 많은 편이라 택시기사가 맞는 것 같다고도 덧붙였다. 개인택시면 시간도 자유로이 쓸 수 있을 테니 틀린 말은 아닐 것이다.

의심할 구석은 없고 의심할 이유도 없다.

그런데 왜 위화감이 사라지지 않는 거지?

가게를 나와서도 마동군은 계속해서 마음이 걸렸다. 그러나 호의를 베푼 사람을 계속 의심하는 것도 실례라는 생각도 들었다. 조금 특이한 사람일 뿐인데 괜히 편견을 가지고 과장해서 생각하는 게 아닐까? 마동군은 자책하면서 집으로 향했다.

2

마동군은 귀갓길에 흑장미마트에 들렀다. 이모에게 포스터를 선물할 생각이었다. 처음 이곳에 왔을 때 따뜻하게 맞아준 것에 대한 보답을 하고 싶었다. 아들 때문에 걱정이 많을 이모를 위로해주고 싶었다.

가게로 들어가면서 일부러 더 쾌활하게 인사를 건네며 안색을 살피니, 이모의 표정은 역시 어둡다. 말하지 않아도 안다. 또 아들이 사고 쳤겠지.

"가출했어. 안 들어와."

사고 수준을 넘어섰다.

"어디 친구 집 갔거나 놀러간 거겠죠."

"우리 승훈이는 친구가 없어."

괜한 말을 했다. 분위기를 바꿔보려고 마동군은 말을 잇는다.

"자주 나가서 늦게까지 안 돌아오는 일은 있었다면서요. 걱정 마세요."

"그날 이후로 안 들어와."

"그날 이후요?"

아, 마동군은 깨닫는다.

"가지고 나간 돈도 고작해야 만 원이야. 핸드폰은 연락이 안 되고."

분위기가 심상치 않다.

"이 정도로 유명한 줄은 몰랐는데요? 일본 잡지에 포스터가 실렸을 줄이야."

마동군은 이모를 위로하려고 잡지를 선물했다. 이모는 그 시절 이야기를 들려주었다.

함께 촬영하던 일본 여자배우들과 놀러갔던 이야기.

영화 촬영 중 시비를 걸러 온 건장한 남자를 합기도의 손목수라는 꺾기 기술로 제압한 이야기.

홍콩에서 무술 좀 한다는 배우한테서 손바닥 타격 기술을 배우는 대신 연속 돌려차기를 가르쳐준 이야기.

153

감독이 나중에는 유명해졌다는 이야기.

그 감독이 홍콩으로 같이 가자는 걸 거절한 이야기.

하나같이 흥미로운 이야기였다. 잘나가던 시절의 옛날 이야기를 하다 보니 이모의 표정이 조금 밝아졌다. 잠시 현실을 잊는 데에 도움이 된 모양이다.

안심한 마동군은 밀린 장을 보고, 이모 아들에게는 별일 없을 테니 걱정 말라고 위로한 뒤 집으로 돌아왔다.

"다녀왔습니다."

인사를 했는데, 대답이 없다. 게으른 아버지가 귀찮아서 대꾸하지 않는 건가, 서운해서 돌아보니 부재중이다.

"맞다. 정글 간다고 했지."

누가 듣는 사람도 없는데 마동군은 혼잣말을 했다.

아버지는 해외 촬영이 있어서 보름 가까이 돌아오지 않을 예정이다. 정글에 가서 연예인들과 며칠씩 캠핑을 하며 생존을 위해 고생하는 방송이라 했다. ("아버지는 그런 고생 좀 해봐야 해." 마동군이 짐 싸는 걸 도우며 아버지에게 말했었다. 진심이었다.)

게으른 사람이 방송 일은 열심히 한다니까, 마동군은 중얼거렸다.

다음 날.

마동군은 오후가 다 되도록 소파에 앉아 책을 읽으며 시간을 보냈다. 조금씩 읽다 보니 굳어버린 뇌가 기지개를 펴는 느낌이 들었다. SF소설은 일본 대중문화를 잘 아는 작가인지 여기저기 패러디가 많았다. 아이돌을 배달하는 이야기였다.

이제 슬슬 공부해볼까 하고 자리에서 일어나자마자 집에 책상다운 책상이 없어 식탁에서 공부해야 한다는 사실을 깨달았다. 그래서 매립지로 향했다. 커다란 책상이 있으니까.

산책을 하면서 딴 길로 계속 새는 바람에, 도착한 시각은 저녁식사 시간을 조금 지난 뒤였다.

아무도 없다. 텅 빈 공간. 네 면의 거울이 반사되어 훨씬 더 넓게 느껴진다.

오는 길에 사온 빵과 콜라를 책상 위에 올려놓은 마동군은 문제집과 책을 펼치고 앉았다.

집중이 잘 안 됐다.

이모도 걱정된다. 윤승훈의 실종. 돈을 훔쳐 나갔으니 가출한 것이 아닐까? 하지만 이모는 윤승훈이 가지고 나간 돈은 기껏해야 만 얼마 정도밖에 안 된다고 했다. 휴대전화 응답도 없다. 지금만 놓고 보면, 가출은 무리다.

그럼 도대체 어디로 사라진 걸까?

머리가 복잡하다.

"에라, 모르겠다."

기분 전환도 할 겸 우선은 식사부터 해야지, 하고 빵과 콜라를 집었다. 우선 콜라 뚜껑을 따고, 병나발을 불며 힘차게 고개를 뒤로 젖혔다.

거울로 등 뒤 풍경이 보인다.

"흡!"

커품 섞인 콜라를 다 토해버렸다.

"커헉. 컥. 뭐야!"

기침을 하며 마동군이 소리쳤다.

거울 속에 성지은이 앉아 있었다. 길고 푸석푸석한 머리를 아무렇게나 등에 드리우며 입에는 막대사탕을 문 채 쓰레기 더미를 뒤지고 있는 성지은은 잘못 보면 일본 공포영화에 나오는 귀신으로 보일 듯도 했다.

알고 보니 책장이 완전히 벽에 붙어 있지는 않아서 생긴 좁은 구석 공간이 있었다. 성지은은 그 안에 숨죽여 앉아 있었던 것이다.

"언제부터 있었어?"

"아까."

"인기척이라도 좀 내지."

"왜?"

정작 왜, 라고 물으니 뭐라고 대답해야 할지 마동군은 곤란해졌다. 그러게. 왜 그래야 하나. 못 알아차린 놈 잘 못이지.

마동군이 처음 봤을 때처럼 성지은은 흰 블라우스에 감색 멜빵 치마를 입고 있었다. 거울에 비친 멜빵이 등에서 X 자 모양을 그린다. 신발은 벗고 있었지만, 무릎 아래까지 오는 양말이 까만색이라 단화를 신고 있을 때와 비슷한 느낌을 준다. 무릎과 허벅지 안쪽을 바닥에 대고 양다리를 몸 바깥으로 내어놓은 채 앉아 있었다. 의외로 몸은 유연한 모양이다.

자리에서 일어난 성지은이 엉덩이를 툭툭 털고 다가와 말했다.

"이거."

성지은은 자기가 만들어준 에코백을 손가락으로 가리켰다. 마동군은 그 에코백에 문제집과 필기구를 담아 왔었다. 마동군은 나유리와 한 약속을 떠올렸다. 친하게 지내라는.

"아, 이거."

진지한 표정의 성지은이 '죽은 눈'으로 마동군을 쳐다본다.

부담스러움을 꾹 참으며, 마동군이 말했다.

"고마워. 아직 고맙다는 말을 못 했네? 잘 쓰고 있어. 튼튼하네."

"정말?"

"정말."

"고마워."

아마 보통 사람은 눈치채지 못할 만큼 아주 미세하게, 성지은의 표정이 변한다. 뺨에 아주 살짝 핑크빛이 돈다. 수줍게 미소 짓는 살짝 벌어진 입술 사이로 보이는, 상어처럼 빽빽하고 날카로운 이로 사탕 막대를 깨문 채 성지은은 고개를 끄덕인다. 입에 넣은 사탕이 달그락하는 소리를 낸다.

"전에, 다른 사람한테도 선물해줬는데, 쓰레기로 만들었다고 안 받았어."

"아."

마동군이 미소 지었다.

"오히려 내가 고맙지. 잘 쓸게."

성지은이 다른 쪽 구석에 있는 재봉틀을 가리켰다.

"저걸로 만들었어. 발로 밟아서 쓰는 거. 집에서 발견해서 직접 고쳐서 가져온 거. 나, 물건 고치는 거 좋아해."

"집이라면, 고물상? 지장 고물상이었나? 유리가 알려줬어."

"응. 당숙 어른 집. 오촌 당숙. 엄마 사촌오빠. 스님."

"공동체를 하신다고 그러던데. 노숙자 재활? 좋은 일 하시네."

아버지에게 들은 말로는 성지은의 친척은 폐품을 줍는 일로 노숙자 재활을 돕는 공동체를 운영한다고 했다. 이름이 지장인 이유도 중생을 다 구제하기 전까지는 부처가 되지 않겠다고 발원(發願)한 지장보살에서 따온 이름이라 한다.

"세계적으로도 많아. 이집트 카이로에는 에마뉘엘 수녀님이 있고, 마다가스카르에는 페드로 신부님이 있고. 넝마주이 하면서 재활."

"넝마주이?"

"폐품 수집. 하지만 폐품이냐 아니냐는 사람이 정하는 거. 터키 이스탄불에 옥테이라는 사람도 고물상 하다 지금은 서점 주인인 거. 넝마주이한테 아직도 헌책 받고 있고. 브라질 상파울루에는 세베리노 데 수자라는 넝마주이가 책을 만 권 주워서 25층짜리 도서관을 지었어."

"만 권? 주운 책으로?"

"그것도 넝마주이가 사는 무허가 지역에. 라틴아메리카 최대 도서관."

"실감이 잘 안 가는데."

"영화 〈디스트릭트 9〉 봤어?"

"으, 응."

실은 안 봤다. 그냥 봤다고 하는 게 나을 것 같았다. 봤는지 안 봤는지는 신경 쓰지 않고, 성지은이 설명을 시작했다.

"외계인들이 특정한 지역에서 못 나가니 쓰레기 재활용해 먹고사는 그런 거. 우리 집도 책 많아. 헌책방에서 처분하는 책 다 모아놓고 읽어. 책은 이해하기 쉬우니까. 언니가 책 보면 시간 빨리 간다고 추천해줬어."

"언니? 언니가 있어?"

"응. 왜?"

"아니, 갑자기 등장인물이 많아져서."

"아. 아아. 다른 시에서 공무원 해. 나이 나보다 한참 많아. 시청 쓰레기 분리수거 관련 과에서."

집안이 다 어떻게든 쓰레기랑 관련 있네, 하고 마동군은 생각했다.

"언니랑은 많이 닮았어?"

"닮았어. 성격은 안 닮았어. 언니 잘 웃어. 근데 다들 눈이 안 웃는다고 사람들이 무서워해. 뭐가 무서운지 나는 모르겠는데."

성지은의 긴장도 풀린 눈치여서 마동군은 그간 궁금했던 질문을 단도직입적으로 물어볼 마음을 먹었다.

"우리 아버지랑은 어떻게 알게 된 거야?"

"팬이니까."

"우리 집 쓰레기를 뒤진 거는 어떤 이유로 그런 거야?"

"마리아노 씨를 더 알고 싶어서."

"그 뭐냐, 셰어인가 하는 연예인 쓰레기 뒤진 사람처럼?"

"응."

"왜 더 알고 싶은 건데?"

성지은의 표정이 변했다.

"나, 다른 사람 기분 잘 몰라서 눈치가 없다는 말을 많이 들었어. 어릴 때부터 동네 여자애들이 나 싫어했어. 이해 안 갔어. 솔직하게 말한 건데 왜 화내지 싶었어. 그런데 텔레비전에서 마리아노 씨 봤는데, 솔직히 말해도 사람들이 화 안 냈어. 오히려 웃었어. 뭐가 다른 거? 모르겠어. 더 많이 알고 싶었어."

발레리노 시절 아버지는 다른 사람의 마음을 예민하게 느끼는 사람이었다. 지금은 자기 멋대로 행동하지만.

"그래서 마리아노 씨 스크랩하려고 뒤진 거. 마리아노 씨를 리버스 엔지니어링 하면 나도 바뀔 수 있을지도 모른다고 생각한 거."

"리버스 엔지니어링?"

"역산하는 거."

"역산?"

"기계면 뜯어서 뭐가 어떻게 돌아가나 확인해보는 거. 프로그래밍이면 이 프로그램이 왜 이렇게 돌아가나 알아내려고 소스코드 분석하고 따져보는 거."

"사람 감정은 기계나 프로그램이 아니잖아."

"아마. 하지만 비슷할지도 모르지."

"설마. 기계랑 사람이 같을 리가."

"컴퓨터는 인간 따라 만든 거니까. 어떤 심리학자가 그랬어. 거짓말을 하면 감정 변화가 일어나고, 감정은 생리적 현상이기도 해서 불수의적인 반응을 보인다고. 그걸 무의식중에 알아차리는 게 느낌이라고. 그래서 컴퓨터에게 불수의적 근육의 움직임이나 신경의 흥분 정도를 분석하면 거짓말하는지 아닌지 알 수 있다고."

"미국 드라마 중에 그런 게 있었던 것 같기는 한데, 정말 그렇다고 하기엔 드라마는 드라마니까."

"〈라이 투 미〉. 폴 에크먼이 직접 출연한 드라마. 나, 폴 에크먼 책 보고 감정분석 앱도 제작했어."

"앱? 애플리케이션? 직접?"

"응. 시험 삼아 만든 거라, 마이크로소프트에서 개발한 표정 분석 프로그램만큼 정밀하지는 않아. 대략 78퍼센트 정확도로 감정을 밝혀낼 수 있어. 거짓말인지 아닌지도."

"직접 프로그래밍한 거야?"

"응."

마동군은 성지은을 새삼 다시 보았다. 혼자 그런 걸 만들었다니. 나유리가 성지은을 천재라고 자랑스러워한 이유가 조금씩 보이기 시작했다. 갑자기 지금 당장이라도 윤승훈을 찾아가, 이 앱으로 분석한 이모의 감정을 보여주고 붙잡아 데려오고 싶어졌다. 분명 앱으로 분석한 이모의 감정은 슬픔과 걱정과 괴로움밖에 없으리라.

성지은이 말을 이었다.

"물론 폴 에크먼의 설에는 한계가 있어. 리사 펠드먼 배럿은 『감정은 어떻게 만들어지는가?』라는 책에서 폴 에크먼을 비판해. 감정은 원래 있는 기존 프로그램이 아니라, 각자 사람이 살면서 느끼는 다양한 생리적 변화 과정에 추상적인 해석을 가하면서 구성되는 것이라고."

"잠깐. 너무 어려워. 그게 무슨 말이야?"

"모두가 똑같이 공통된 감정을 느끼거나 하지는 않는다는 거. 살면서 경험한 거나 머릿속 지식이 해석하는 것에 따라 감정도 달라진다고. 누구는 감정에 예민하고 누구는 안 예민한 거도 설명 가능. 그리고 감정 알아차리려면 삶을 알아야 한다는 결론도 나오는 거."

"삶을 안다."

"더 많이 삶을 스크랩할수록, 감정도 더 많이 알 수 있는 거. 감정은 문화마다 다르고, 뇌가 반응하는 것도 아닌 거. 아기가 감정을 타고나지 않는 거. 그냥 좋고 나쁜 느낌만 있지. 다양한 맥락, 상황, 거기에 맞춰 어떻게 그 순간을 스크랩하고 이름 붙이느냐에 따라 감정도 달라지는 거. 세상 모든 게 그런 거지만. 그러니까, 이 앱 정밀도 높이려면 더 많이 사람 이해해야 하는 거. 모든 사람이 다 샘플이고 케이스. 일일이 스크랩해야 하는 거. 감정을 만들어내는 스토리를."

"하이쿠 같네. 삶의 단면이나 순간을 이미지로 생생하게 드러내면서 몇 글자 안에 압축하는 게 하이쿠거든."

살짝 벌어진 입 사이로 이를 드러낸 소녀가 고개를 끄덕인다.

"하이쿠 좋아해. 아주 수학적이야."

성지은에게 겉으로 보이는 인상 말고도 눈에 보이지 않는 결이 여러 겹 있다는 느낌을 마동군은 받았다. 그리고 이제는 알았다. 노려보는 게 아니라 원래 이렇게 본다는 것을.

갑자기 웃음이 터져 나왔다.

"왜 웃는 거?"

"아니, 그냥. 그 앱으로 한번 확인해봐, 정말 감정 밝혀낼 수 있나 보게."

"으악!"

또다시 갑작스레 끼어든 말에 마동군이 깜짝 놀랐다.

성지은이 아니다. 도대체 여기 사람들은 죄다 왜 이러는 거야? 노크나 헛기침할 줄도 모르나?

고개를 돌려 보니, 고개를 갸웃거리는 소녀가 서 있다.

품에 스케치북을 안고 있다. 전에 모델을 할 때 본 적이
있는 얼굴이다.

템파가 의식하던 소녀.

"지은아, 정말이야?"

소녀가 성지은의 손을 덥석 잡았다. 성지은의 표정이
굳어진다. 싫어서가 아니라, 갑자기 손이 잡혀 부담스러
워하고 있다는 사실을 마동군은 이제야 알았다. 성지은
의 말이 옳았다. 적절한 맥락을 모르고서는 감정도 파악
할 수 없는 모양이다.

흥분한 소녀는 그 사실을 알아차리지 못하고 계속 말
했다.

"나 좀 빌려주면 안 돼?"

"왜 빌리고 싶은지부터 먼저 물어봐도, 될까, 요? 괜한
참견일지도 모르는데."

마동군이 대화에 끼어들었다.

"네? 아. 그게."

"템파라는 친구 때문이에요?"

오지랖 넓은 마동군은 자기도 모르게 말하고 말았다.

"어떻게 아셨어요?!"

"템파? 템파가 왜 갑자기 나오는 거?"

3

"텔레비전 속 아이돌처럼 예쁜 옷을 입는 친구들을 볼 때마다 내심 부러웠어요. 아이돌 연습생이 된 이유도, 아이돌은 아무래도 옷차림이나 패션이 중성적이니까 당당하게 화장품을 사거나 하는 게 가능하지 않을까 싶어서……."

소녀는 말끝을 흐렸다.

소녀, 마나는 무릎을 끌어안고 앉았다. 긴 원피스 자락이 바닥에 나팔꽃처럼 퍼진다. 바닥에 앉아 치맛자락을 만지작거리는 몸짓은 매우 여성적이다. 하지만 마동군은 새삼 성지은이 얘기해준 감정 이야기에 이해가 갔다. 맥락을 알고 보니 마나의 목소리도 외모도 느낌도 모두 어딘지 모르게 중성적인 구석이 있었다.

소녀의 이름은 마나. 한때 중소 기획사 아이돌 연습생이었다가 지금은 그만두었다.

연습생 중 일본인인 친구가 일본식으로 본명을 읽으면 '마나쿤'이 되고, 한국말로 하면 '마나 군'이 된다는 이유로 지어준 별명이었다. (본인도 성경책에 나오는 신이 내려준 음식인 만나가 생각나서 마음에 든다고 한다.)

"같은 마씨네요."

마동군의 말에 마나가 고개를 끄덕였다. 알고 보니 본관도 같다.

본명은 마나훈이다. 할아버지가 나훈아 팬이어서 손자가 나훈아처럼 멋지고 남자다운 사람으로 자라기를 바라며 지어준 이름이라고 한다.

손자.

마나는 남자다.

마동군은 일본에 살 때의 기억이 떠올랐다. 일본은 LGBTIQ(Lesbian-Gay-Bysexual-Transgender/Transsexual-Intersex-Queer/Questioning)에 관용적이면서도 배타적인 기묘한 사회다. 방송에서는 여장가(女裝家) 혹은 오네(おねえ)라고 불리는 여성 복장을 한 동성애 연예인이 자주 등장한다. 하지만 어두운 면도 있다. 이들은 일본에서 다른 세계에 사는 일종의 괴물이자 신기한 하류계급으로 소비되는 면이 있다. 한편 마동군은 여성이 남장을 하는 게 특징인 뮤지컬 극단 다카라즈카를 목표로 연습했던 사촌 누나를 떠올렸다. 지옥 같다는 다카라즈카 연습생 생활을 못 견뎠던 누나. 마나가 자세한 사정은 이야기하지 않았지만, 연습생을 그만두고 매립지로 오게 된 이유는

아마도 한국의 분위기가 경직되어서일 거라고 마동군은 짐작했다. 그래서 더 캐묻지는 않았다.

잠깐 이어진 침묵을 마나가 깼다.

"템파랑 관계가 있다는 건, 어떻게 아셨어요?"

"그냥, 느낌으로."

"혹시 무슨 이야기를 듣거나 하신 건 아닌가요?"

"템파라는 친구랑은 말 한마디 해본 적이 없어요."

"그렇구나."

"템파라는 친구, 맨날 화가 나 있는 것 같던데."

"템파는 혼자서 계속 랩을 써왔어요. 집이 어려워서 고등학교를 중퇴하고 집안일을 돕고 있죠. 집이 편의점을 해서 밤에는 야간 알바를 해요. 그동안 가사를 쓰는 모양이에요. 인근에 술집이 많아서 취객이 난동이나 행패를 부리는 일이 간혹 있다고 하는데, 그때의 기분을 담아서 가사를 쓴다고 했어요. 전에 농담처럼 그런 말을 한 적이 있어요. 우리나라 래퍼 중 도끼 말고는 죄다 중산층 이상에 학력도 높다고. 자기는 그런 사람들하고 경쟁하려면 몇 배는 더 시간이 필요한데, 편의점에 틀어박혀 있으니 너무 화가 난다고. 그래서 이름을 '템파'라고 지었데요. 영어 템퍼(temper)에 분노나 성질을 부리다 같은 뜻이 있나 봐요. 그래서 그 단어를 변형해서 직접 지은 이름이에요. 세상에 분노한다고."

"일본어로 '텐파'라고 하면 '악성 곱슬머리'나 '허둥대다'라는 뜻인데."

분위기를 바꾸어보려고 마동군이 농담을 던졌다. 농담 축에도 못 낄 정도로 썰렁했지만, 어색함을 풀려고 노력하는 마동군의 모습을 좋게 봤는지 마나도 살짝 미소 지었다. 하지만 그 아름다운 미소도 얼굴에 드리운 그림자를 채 지우지 못했다.

마동군은 처음 템파를 보았을 때가 떠올랐다. 정신과 분노의 방에서 거칠게 물건을 때려 부수며, 랩인지 고함인지 모를 소리를 질러대던 신경질적인 소년의 모습. 그리고 처음 매립지로 왔을 때, 마나가 마동군 자신을 보고 그림을 그릴 때 화가 나 뒤통수를 노려보며 밖으로 나가던 모습.

마나가 말을 이었다.

"템파가, 처음 저에게 고백했을 때……."

마나가 말꼬리를 흐리며 울먹이기 시작했다.

"며칠 전에 다시 물었어요, 아직도 진심이냐고. 템파는 대답 대신 다신 여기 오지 않을 거라 하고 뛰쳐나갔어요. 그 뒤로 연락해도 받지도 않고. 선배들한테 간 것 같기도 하고. 마음이 답답해서 오늘 여기로 온 거예요. 여기 말고 제가 갈 데가 없거든요. 그런데 지은이가 감정을 알아내는 앱이 있다고 말하는 걸 듣고, 어쩌면 혹시나 하고…….”

마나가 다시 울음을 터뜨렸다.

마동군에게는 더 듣지 않아도 뒷이야기가 자명해 보였다. 마나가 자기 정체성을 이야기했는데, 갑작스러운 말에 혼란스러워한 템파가 감정적인 반응을 보였을 것이다. 마나를 있는 그대로 받아들일 수 있을지 템파는 자신에게 물었을 것이다. 그때부터 템파는 괴로워하며 계속 ‘템퍼’를 부리는 상태이리라.

“왜 우는 거?”

성지은에게는 자명하지 않았던 모양이다.

한숨을 내쉬며, 마동군이 성지은에게 말했다.

“저기, 미안한데 혹시 티슈 같은 거 있으면 좀 가져다줄래?”

“티슈? 없는데.”

“끙, 그럼 휴지라도.”

“왜?”

마동군은 마나를 눈짓으로 가리키며, 신호를 보냈다. 보내면서도 아차, 이런 걸 잘 모른다고 했지? 하고 생각했다. 역시나 성지은은 이해하지 못하겠다는 얼굴이다.

"눈물을 닦아야 하니까."

"왜 내가 가야 하는데?"

"나는 오늘 여기 처음 와서 어디에 뭐가 있는지 모르잖아."

"그렇구나. 잠시만 기다려."

성지은이 자리에서 일어나 터덜터덜 어디론가 향했다. 그사이 마동군은 마나를 바라보며, 어찌해야 할지 모를 쓸쓸한 기분을 곱씹었다.

성지은이 마나에게 휴지를 건네주었다.

"고마워, 지은아."

"응."

마나가 눈물을 닦으며 한숨을 길게 내쉬었다. 그 모습을 보던 성지은이 조용히 자리에서 일어나, 마동군의 어깨를 톡톡 두들겼다.

"저기, 잠깐 좀."

"엉?"

마동군은 성지은이 이끄는 대로 입구 쪽으로 향했다.

이 정도 눈치가 있으리라고는 상상도 안 했기에 상당히 놀라웠다. 성지은은 미묘하게 침울한 표정으로 변했다.

"두 사람이 그런 사이인지 여태까지 전혀 몰랐어. 놀랐어. 무슨 일이 벌어진 거? 알려줘."

어디까지나 자기가 파악한 내용이라고 전제를 깐 다음 마동군이 설명하기 시작했다. 마나는 템파가 마나의 정체성을 알고 난 후 자신을 싫어하게 되었는지 아닌지 확인하고 싶어 하는 것 같다고. 그리고 템파는 아마도 선배들이 마나와의 관계에 대해 압박을 가하고 있을지도 모른다고.

이야기를 들은 성지은의 표정이 험악하게 변해갔다.

"나 용서가 안 돼. 템파에게 가서 직접 확인하고 싶어."

"지금? 어디 있는 줄 알고?"

"잠깐만."

성지은은 두 손을 합장하고는 서로 밀면서 부들부들 떨기 시작했다. 그리고 생각에 잠겨 소리 없이 무언가를 중얼거렸다. 추리에 집중하는 중이다.

처음 만난 날도 이런 행동을 했었는데, 하고 생각하며 마동군은 뭘 어찌해야 할지 몰라 멀뚱멀뚱 성지은을 쳐다보고만 있었다.

합창을 푼 성지은이 말을 이어갔다.

"템파 SNS를 뒤지면 선배라는 사람들도 걸려들 거. 그럼 사진이 올라왔을 수도 있어. 그러라고 만든 게 소셜네트워크서비스니까."

"일리 있는데?"

성지은이 주머니에서 스마트폰을 꺼내며 이야기했다.

"나, 용서 안 되는 거, 그 선배들. 다른 사람 눈치 보고 다른 사람 생각대로 기준대로 살려고 하는 거, 싫어. 그것도 그 집단에 속하고 싶어서 남들에게 기생하면서 사는 거, 더욱더 싫어."

마동군은 성지은의 말에 깜짝 놀랐다. 속마음을 들킨 기분이다.

"나, 남 눈치 잘 못 보지만, 남 기분 나쁘게 하는 거 싫어. 그래서 더 남 알고 싶어서, 이런 앱도 만들고 그러는 거. 그래서 남 위하는 마리아노 씨 좋아하는 거. 마리아노 씨, 그게 예술이라고 했고 표현이라고 했어. 그런데 템파, 자기 생각 표현하는 랩 해. 그런데 자기 생각대로 안 살아. 자기 감정대로 안 살아. 그거, 모순이야. 좋아하면 좋아해야 하는 거, 싫어하면 싫어해야 하는 거. 그거 빨리 결정 안 하면 다른 사람한테도 피해 줘."

"백번 천번 옳은 말이긴 한데."

"찾았다."

"벌써?"

성지은이 스마트폰을 내밀었다.

"이 사진 왼쪽, 템파 맞지?"

"네가 더 잘 알지."

"나, 사람 얼굴 잘 구분 못 해."

"끙."

녹음실로 보이는 공간에서 술판을 벌이는 사진이었다. 문신을 새겨놓은 팔을 과시하고 있었다.

"맞는 거 같은데. 그런데 이거 술 아냐? 템파, 아직 미성년자 아닌가?"

"나, 위치 물어보고 올게."

"잠깐! 지금 타이밍이!"

성지은이 듣지 않고 바로 매립지로 들어갔다.

"아오! 기다려!"

머리를 두 손으로 마구 긁으며 짜증을 낸 마동군이 뒤따라 들어갔다. 문을 열고 들어가자 성지은이 마나에게 핸드폰을 들이밀고 있었다.

"여기 어디?"

마나가 울음을 억누르며 더듬더듬 녹음실 위치를 말했다. 두익서점 근처였다.

마동군이 혹시나 해서 물었다.

"아직 미성년자죠? 템파라는 친구."

"맞아요."

"선배란 놈들은 뭐 하는 놈들인데 미성년자에게 술을 먹이는 거야?"

"언더그라운드 래퍼라고 했어요. 가사 쓰는 법을 알려줬다고. 그 선배들이, 저랑 사귀면 템파도……."

말꼬리를 흐리며 마나가 다시 울음을 터뜨렸다.

분명 차별적인 말이겠지, 마동군이 생각했다.

마나가 울자, 성지은이 고양이처럼 가르릉거리는 소리를 내더니 벌떡 일어났다.

"나, 확인하고 올 거. 템파가 무슨 생각인지."

마나가 놀라 고개를 들었다.

이미 성지은은 사라지고 없었다.

저런 양아치 같은 놈들이 성지은에게 무슨 나쁜 짓을 할지도 모른다는 생각이 마동군의 머리를 스치고 지나갔다.

"아니 무슨 행동력이 저렇게 좋아. 마나 씨, 너무 걱정

말아요. 혹시 모르니까 연락처만 알려주세요."

마나가 휴대전화 번호를 불렀다. 마동군이 전화번호를 외우며 뛰쳐나갔다. 건물 밖으로 나가보니, 느릿느릿 달리는 성지은의 모습이 보였다.

"기다려!"

마동군이 금세 따라잡았다.

"혼자 가서 어쩌려고. 택시 타고 가자."

숨을 몰아쉬며, 성지은이 말했다.

"나, 택시 좀 그래."

"왜?"

"택시기사 자꾸 말 걸고 귀찮게 해."

"내가 알아서 할게. 택시 타자."

"응."

"그리고, 템파가 랩 한 거 들을 수 있는지 좀 찾아줘."

4

템파는 어쩔 줄 몰랐다.

템파는 버티고 있었다.

어찌할 바를 모를 때마다, 템파는 입술을 꽉 다물고 버텨왔다.

지금까지 그렇게 버텨왔다.

지금도 그렇게 버티고 있다.

선배 MC빠가가 작업실에서 술판을 벌이는데 오라고 억지를 부려 따라오기는 했다. 하지만 템파는 술을 마신 적도 없고 좋아하지도 않는다. 그렇다고 분위기를 깰 수도 없어 템파는 음료수로 대신하겠다고 양해를 구했다.

MC빠가는 이름대로였다. (한번 물면 놓지 않는다는 민물고기 동자개의 사투리인 빠가사리와 일본어로 바보인 바카에서 따온 이름이다.) 술을 마시라는 말은 구실일 뿐이었다.

술판을 벌인 사진을 SNS에 업로드하더니, 엉뚱하게 마나와의 관계를 걸고 넘어지기 시작했다. 작업실 주인이기도 한 MC빠가가 템파의 가슴팍을 쿡쿡 찌르며 말했다.

"힙합이 뭐야? 엉? 자유! 자유 아냐? 제이지는 뭐 법 몰라서 마약 팔았고, 스눕독은 세상 눈치 봐서 대마 피웠냐? 엉? 다 그렇게 해서 라임이 나오고 플로가 나오는 거지. 알았어? 알았으면 마셔. 마시고 그 호모랑 딱 인연 끊어라. 알았냐? 선배가 주는 술인데 어디 감히."

"죄송합니다."

"랙 걸렸냐? 계속 똑같은 말만 할래? 너 그 호모랑 인연 못 끊겠다 이거냐? 왜? 그 새끼랑 했냐? 어? 했어?"

"야, 그만해라."

다른 선배 둘이 말렸다. 각각 (고스트독을 줄여서) 고독 그리고 (미국의 전설적인 갱스터 크립과 블러드를 합친 이름인) 크리블러드라는 이름으로 활동하는 래퍼다.

고독이 MC빠가의 손을 잡아끌었다.

"됐어. 분위기 잡치지 말고 일단 한잔하자. 템파야. 너는 사이다로 짠만 해라."

"놔봐. 놓으라고! 템파 이 자식 교육해야 한다니까?"

MC빠가가 거칠게 손을 뿌리치며 욕했다. 그리고 테이블에 놓은 소주병을 잡아채더니, 템파에게 내밀었다.

"이게 요새 호모 짓 하더니 감을 잃었네. 그놈이랑 정리하겠습니다, 하고 깡소주 한 병 원샷하고 끝내던가, 아니면 오늘 자리 끝날 때까지 대가리 박던가, 둘 중 하나해라. 알았냐?"

템파는 입을 다문 채 버티고만 있었다.

크리블러드가 말했다.

"야, 빠가야. 그만해라. 전에 사진 보니까 정말 이쁘기는 하더만. 뭐가 중요하냐 그런 게? 랩만 잘하면 되고 가사만 잘 쓰면 되지."

MC빠가는 듣지 않았다.

"너도 호모냐?"

"뭐?"

크리블러드가 자리에서 일어나 코앞까지 다가간다. 금방이라도 한판 붙을 분위기다. 분위기가 험악해진다.

"너 아까부터 왜 자꾸 거기에 집착하냐? 그게 그렇게 중요하냐?"

템파는 책임감을 느꼈다. 감정이 뒤엉켜 어찌해야 좋을지 몰랐다. 마시지도 못하는 술을 억지로 마시고 싶지도 않고, 그렇다고 분위기를 이대로 둘 수도 없었다.

템파는 소주병을 향해 손을 뻗었다.

그때.

쿵. 쿵. 쿵.

노크 소리가 울렸다. 네 명이 모두 문을 주목한다.

"여기 템파 있습니까?"

마동군 목소리다.

"뭐야?"

"여기 있냐고."

더 크게 문을 두들겼다. 발로 차는 것 같아, 작업실 주인인 MC빠가가 문을 열었다. 그리고 마동군을 보고는 깜짝 놀라 뒷걸음질 쳤다.

마동군은 작업실 안을 둘러보자마자, 여기서 작업하는 작자들이 얼마나 겉멋이 들었는지 바로 알 수 있었다. 마동군도 발레로 청춘을 보낸 사람이다. 작업실의 냄새만 맡아도 분위기를 느낄 수 있다.

템파의 선배 세 명은 하나같이 겉멋 든 사람 특유의 허세가 돋보였다. 패션에서도 문신에서도 개성은 보이지 않는다. 솔직히 셋 다 비슷비슷하게 보였다.

딱딱한 목소리로 마동군이 말했다.

"여기 템파라고 있죠? 데리고 가겠습니다."

템파는 마동군을 알아보고는 노골적으로 적대적인 태도를 취했다. 한껏 굳어진 얼굴로 노려보았다.

"템파, 마나가 지금 울고 있으니까 가서 달래줘요."

"마나?"

MC빠가가 그 이름을 듣고는 입술을 비틀었다.

"그 호모 새끼가 보냈냐?"

"호모? 당신 지금 뭐라고 그랬어?"

코가 거의 맞닿을 만큼 마동군이 거칠게 달려들었다. 그리고 힙합에 대해 아는 게 아무것도 없지만, 자기가 하는 말이 100퍼센트 옳다는 확신을 담아 말했다.

"힙합 한다고 까부는 모양인데, 술 먹고 허세 부린다고 다 힙합인 줄 알아?"

마동군의 기세와 커다란 체격에 기가 죽은 MC빠가가 뒤로 주춤거리며 시선을 피했다.

한편, 뒤에 가려 보이지 않던 성지은이 마동군의 등 뒤에서 모습을 드러냈다.

"템파, 여기 봐봐."

템파가 고개를 돌리자, 성지은은 템파의 얼굴에 스마트폰을 들이대고, 화면에 비친 템파의 눈, 코, 입을 탭하여 좌표를 설정했다. 그리고 질문했다.

"너, 마나 좋아하는 거? 진심으로?"

성지은의 질문에 템파의 표정이 복잡하게 움직였다. 아주 순간적인 변화다. 애플리케이션이 표정에서 감정을 읽어내기 위한 분석을 시작한다. 갑작스러운 성지은의 행동에 모두가 허를 찔려 멍하니 쳐다보고만 있다. 성지은이 마동군을 향해 끄덕인다. 마동군은 당황한 템파의 멱살을 잡고 자기 쪽으로 끌어당긴다.

"뭐야? 안 놔? 언제 봤다고 친한 척이야?"

말투는 거칠었지만, 내심 누군가가 이 자리에서 자기를 빼내주기를 바란 듯 저항하는 모습을 보이지 않았다.

"템파, 이런 놈들하고 어울려봤자 소용없어. 절차탁마라는 말도 몰라? 같이 서로 갈고닦아도 시원찮을 판에 미성년자 데리고 술판이나 벌이는데 뭐가 힙합이야? 내가 힙합은 몰라도, 발레만 몇 년을 했는지 알아? 예술은 폼 잡는다고 되는 게 아냐!"

"너, 지금 뭐라고 그랬어?"

세 명이 동시에 일어나 적대적인 태도를 보였다.

"발레?"

MC빠가 비웃었다.

"이 자식도 호모 아니야?"

이런 종류의 편견에는 익숙한 마동군은 평소라면 참았을 것이다. 하지만 지금은 달랐다.

마동군은 MC빠가의 멱살을 잡아 들어올린다. 순간 발이 떠올랐고, 무게를 못 이겨 티셔츠의 목 주변이 늘어난다.

"너희 같은 놈들, 내가 잘 알아. 남이 재능 있으면 불안하니까, 자기 갈고닦을 노력도 안 하면서 나이나 서열로

깔아뭉개고 안심하는 놈들."

정곡을 찔렸는지, MC빠가가 입을 다물었다.

"발레 우습게 보는데, 우리는 온몸의 근육을 철저하게 단련하는 사람들이야. 맘만 먹으면 제자리에 서서 발차기로 네 정수리 깨버릴 수도 있어."

MC빠가를 비롯한 세 사람은 갑자기 나타나 자기들 욕을 해대는 덩치 큰 남자와 이상한 소녀에게 완전히 기선을 제압당해버렸다. 틀린 말이 아니었기 때문이다.

마동군이 말을 이어나갔다.

"그 짜증을 다른 데 화풀이하고 주변까지 힘들게 하지. 템파, 너도 지금 똑같은 짓을 하고 있어. 집어치우고 네 가사나 열심히 써. 이 자식은 네 행복을 바라지도 않아. 네가 재능이 있으니까 미리 무너뜨리려는 거야. 그러면 자기가 올라간다고 착각하는 놈들이라고. 나이도 먹은 놈들이 부끄럽지도 않냐? 템파는 야간 알바 하면서까지 가사를 쓰는데?"

템파는 계속 침묵했다.

마동군이 템파를 향해 고개를 돌렸다.

"템파. 오면서, 잠깐이지만 네 데모 음원을 들었어. 네가 쓴 랩은 분명 느껴지는 바가 있었어. 왠지 알아? 네 생각이 들어 있으니까. 네 기준으로 세상을 보니까. 그런 너를 응원하는 사람 버리고, 이런 놈들이 너한테 기생하게 둘래? 얘네 없으면 데뷔 못 하니까 그런 거냐? 그렇게 데뷔해서 얼마나 대성하겠어? 마나가 울고 있어. 돌아가자."

"마나가……."

템파가 고개를 숙였다.

성지은이 말을 받았다.

"이 사람들, 크리블러드, 고스트독, MC빠가."

"뭐? 빠가?"

마동군이 웃음을 터뜨렸다.

"세 사람의 SNS를 조사해본 결과 곡 작업하는 모습 같은 게 거의 없었어. 공개한 음원도 들어봤는데, 라임의 자연스러움이나 비트의 독창성은 없었어. 다른 곡이나 가사와의 유사성을 조사해보면 80퍼센트에 육박해. 그건 그냥 표절이라 불러도 좋은 거."

마동군이 깜짝 놀라 물었다.

"그걸 그사이에 조사했어? 어쩐지 택시 안에서 열심히 스마트폰을 만진다 싶더니."

여기까진 연기였다. 택시 안에서 급히 연습했다. 하도

평소 말투가 어색해서, 연기가 어색해도 티가 덜 난다.

"지금 내가 한 말에, 표정인식 감정분석 앱으로 분석해본 결과, 현재 고스트독 69퍼센트, 크리블러드 68퍼센트, MC빠가 87퍼센트의 확률로, 정곡을 찔려 당황한 감정이 가장 크게 나온 거."

대본에 없던 대사다.

"그럴 줄 알았지. 내가 아무리 힙합을 몰라도 너네들 랩은 엉망이란 것쯤은 알아. 근성이 썩었는데 노력할 리가 있어? 노력도 안 하는 데 어떻게 실력이 늘어? 그냥 말만 대강 씨부리고 오토튠 바르면 그게 랩인 줄 아냐?"

"그리고 마나 이야기가 나왔을 때 순간적으로 흥분 반응을 보인 정도가, 템파 다음으로 MC빠가가 높게 나온 거."

"뭐?"

템파가 성지은의 말에 반응했다.

"지은아, 그게 무슨 말이야?"

"너 다음으로 마나 좋아하는 사람이 MC빠가라는 거, 템파. 아마."

"뭐라고?"

"확률적으로. 아마."

템파가 먹살을 잡힌 MC빠가를 노려보았다.

"선배, 사실입니까?"

MC빠가의 몸에서 갑자기 힘이 쭉 빠졌다. 마동군은 먹살 잡은 손을 밀면서 풀어놓는다.

나가떨어지듯, MC빠가가 의자에 털썩 주저앉았다. 고독과 크리블러드는 충격받은 얼굴로 그 모습을 지켜본다.

마동군이 MC빠가를 내려다보며 말했다.

"자기 자신을 받아들이지 못하고 계속 부정하다 저렇게 되는 거지. 자기 안에서 받아들이지 못하는 자기 모습을 남에게 뒤집어씌우고 미워하고, 능력이 없어서 생긴 열등감을 남을 까내리는 방식으로 잊어버리려 하고."

성지은이 템파에게 다가갔다.

"템파, 남의 눈으로 보면 자기도 쓰레기로 보일 수도 있는 거. 하지만, 자기를 필요로 하는 사람 눈이 있는데, 굳이 다른 사람 눈에 기생해서 볼 필요가 있는 거? 남 눈만 신경 써서 껍데기만 거창한 짝퉁 되는 거."

템파가 말없이 고개를 돌려 성지은과 마동군을 바라보았다.

마동군이 MC빠가를 손가락으로 가리켰다.

"내가 할 소리는 아니지만 저 인간처럼 짝퉁으로 살 거면 여기 남고, 아니면 우리랑 함께 돌아가자."

"템파. 가자. 마나 울어."

마치 보디블로에 강하게 맞은 것처럼 표정이 일그러진 템파가, 무거운 발걸음을 떼려고 했다. 그러나 잠시 머뭇거리더니, 몸을 돌려 세 사람의 선배를 향해 고개를 숙였다.

"그동안 감사했습니다."

마동군도 함께 고개를 숙였다. 조금 전과 달리, 냉정함을 되찾아 공손한 말투로 돌아가 있었다.

"갑자기 찾아와 소란 피워서 미안합니다. 무례하게 말한 것 먼저 사과하겠습니다. 다만, 앞으로 더 템파 앞길을 막는 일만은 하지 마세요. 나는 템파랑 아는 사이도 아니고, 아무 관계도 아니지만, 제삼자 입장에서 봐도 이건 별로 건전한 상태라고는 안 보이니까."

MC빠가는 아무 말도 못 한 채 바닥을 내려다보았다.

고스트독이 일어나며 말했다.

"그쪽이 사과할 거 없어요. 갑자기 이런 상황이 된 영문은 모르겠지만 틀린 말 하나 없으니까. 템파, 그동안 미안했다. 솔직히 우리도 아니라고 한마디도 반박 못 했으니까. 래퍼인데도. 이런 프리스타일 디스, 좋은 약이 된 것 같다."

크리블러드도 일어나며 말했다.

"오늘은 이만 들어가. 가사 계속 쓰고. 나중에 녹음할 일 있으면 연락 줘라. 우리 팀은 우리가 알아서 잘 정리할 테니까."

"감사합니다."

마동군과 성지은은 템파를 데리고 밖으로 나왔다.

매립지의 새로운 가족이 된 마동군과 매립지의 수호신 성지은이 얼떨결에 콤비가 되어 맞이한 첫 번째 의뢰는 (본인들은 콤비인지도, 이게 첫 번째 의뢰인지도 모른 채) 이렇게 성공적으로 끝났다.

5

템파는 말없이 울면서 마나 앞에 섰다.

마나가 템파를 안아준다.

왜 데리고 나가는지 영문을 모르는 성지은의 팔을 붙들고, 마동군은 새로봄안경원으로 가서 윤수지에게 커피 한잔 달라고 부탁했다. 서류 정리를 하던 윤수지는 놀라서 무슨 일인지 물었고, 무용담을 듣자 기뻐했다.

"동글이랑 지은이, 탐정 콤비 같네? 홈스랑 왓슨이었던가? 영국 드라마로 본 적 있는데."

성지은이 말했다.

"명탐정과 조수. 탐정이 나오는 장르의 기본 법칙 중 하나인 거. 셜록 홈스랑 왓슨 박사, 에르퀼 푸아로랑 헤이스팅스 대위. 물론, 내가 탐정이지."

윤수지가 말했다.

"왓슨은 동글이?"

"왜 내가 조수야?"

"언니는, 지은아?"

"언니는 허드슨 부인."

몇 시간 뒤, 마동군은 매립지에 가방을 그대로 둔 채 귀가했다.

다음 날, 템파가 다시 매립지로 돌아왔을 때, 두 사람은 매립지 공식 연인이 되어 있었다. 이제 마나는 템파가 들려주는 음악을 들으며 환하게 웃었고, 템파는 마나에게 수줍게 웃어 보였다.

시험 공부를 하면서 마동군은 흐뭇한 마음으로 두 사

람을 지켜보았다. 그런 마동군에게, 성지은은 한눈팔지 말고 집중하라며 타박했다. 지옥의 수학 공부가 시작되었다. 모든 게 문제없이 돌아가는 것같이 보였다.

그 일이 있은 뒤로 마동군은 성지은을 다시 보게 되었다. 관심사 외에는 다 무심해서 사람들한테 민폐만 끼치는 인물로 보았는데, 때로는 자기보다 훨씬 깊은 생각을 하고 사는구나, 하고 마동군은 감탄했다. 성지은은 놀랄 만큼 독특한 관점으로 사람과 세상을 본다. 세상을 향해 마음이 닫혀 있기는커녕 오히려 자기 한계를 넓히고 적극적으로 남과 함께하려는 자세도 지니고 있다. 마동군이 모르는 다양한 지식을 알고 있기까지 하다.

모든 게 문제없이 잘 풀린 것처럼 보였다.

그러나 마동군은 마음에 한 가지 걸리는 일이 있었다.

윤승훈이 닷새째 연락이 없다.

5

두 번째 분리수거와
구권 5천 원권 지폐

1

아직도 윤승훈의 연락이 없다는 말에 결국 마동군이 성지은을 이끌고 흑장미마트로 와버렸다.

마동군이 말했다.

"이 정도로 연락이 없으면 뭔가 문제가 생긴 것일지도 모르니까 경찰에 알리는 편이 좋을 것 같은데. 내일이면 일주일이에요."

"근처 지구대에 아는 분이 있어서 연락은 했어. 정식으로 실종 신고를 한 건 아니고."

"전에도 이런 일 있었어요, 이모?"

"있기는 있었지만, 보통은 이삼 일이면 돌아왔었어. 그래서 이번에도 그럴 줄 알고."

성지은이 말했다.

"통계적으로 보통 사흘 안에 연락 오는 게 보통."

"이모, 얘 질문에 잘 대답해주세요. 어쩌면 단서를 잡을지도 몰라요."

성지은이 합장하며 물었다.

"아들은 어떤 사람?"

성지은이 눈을 감은 채 합장하고 있는 사이, 김창선이 아들에 대해 이야기를 풀어놓았다. 대부분은 마동군이 얼마 전 들었던 이야기와 별반 다르지 않았다.

새로 추가된 정보라면 윤승훈의 스마트폰 기종이 아이폰이라는 정보 정도다.

마동군과 마찬가지로 성지은도 역시 윤승훈이 계획적으로 밖으로 나가지 않았을 거라고 결론지었다.

성지은은 본인이 스크랩하기라고 부르는 생각 정리를 위한 설명에 들어갔다. 실질적으로는 스스로의 생각 과정을 일일이 입으로 이야기하는 것이나 다름없었다.

김창선과 마동군은 한참 동안 설명을 들었다. 상당히 긴 설명이었다. 요약하면, 아이폰에는 위치 추적 기능이 있고, 다행히 윤승훈이 귀찮아서였는지 데스크톱으로 쓰는 맥에 아이클라우드를 비롯한 다양한 서비스에 자동 로그인을 걸어놓은 상태라 연동해서 사용할 수 있다는 이야기였다. 문제는 그저 분실 모드로 바꿔서 타인이 사용하지 못하게 할 수 있을 뿐, 문제는 군사보안을 이유로 우리나라는 애플 지도 서비스가 지원되지 않아 위치 추적이 불가능했다.

"막다른 길이네."

"어쩌면 심리적인 이유 때문일지도 몰라."

"심리적인 이유?"

"내 전문은 아니지만. 아줌마, 전날이나 전전날에는 뭐 특이한 일 없었어?"

"특이한 일? 글쎄."

"뭐가 되었든 간에 이야기해줘."

이모가 생각에 잠겼다가, 자신 없는 목소리로 중얼거렸다.

"그날은 그냥 집에 계속 있었거든? 별다른 거 없었어. 그 전날은 저녁 때, 상자 들고 밖으로 나갔다가 들어왔는데 몸에 상처가 났더라고."

마동군은 재수학원 모의고사를 처참히 망치고 돌아온 날 저녁, 사기 치고 도망가던 남자를 붙잡았던 일을 떠올렸다. 기억 속에 남아 있는 검은 마스크. 그리고 사라진 날 윤승훈이 썼던 검은 마스크도 기억이 났다. 그 남자가 윤승훈일지도 모른다. 왜 5천 원 지폐를 가지고 도망쳤을까?

"잠깐만요, 이모. 혹시 그거 구권이에요?"

마동군의 질문에 이모가 이해가 안 간다는 표정을 짓는다.

"구권?"

"바뀌기 전 지폐 있잖아요. 노란색으로 된 지폐."

"글쎄? 모르겠네."

그러고 보니 마동군이 답례로 받은 지폐도 구권 5천 원권 지폐다. 그러니 당연히, 윤승훈일지도 모르는 사기꾼이 쥐고 도망친 지폐도 당연히 구권 5천 원권 지폐다. 일부를 사례로 받은 거니까. 피해자 남자는 이상할 정도로 다 구권 5천 원권 지폐로만 돈을 가지고 있었다. 두익서점에서 만났을 때도 자기가 택시기사라서 천 원권이나 5천 원권이 많다는 어색한 변명을 하면서 구권 5천 원권 지폐로 계산했다.

구권 5천 원권 지폐가 공통항이다.

어쩌면 없어진 지폐도 구권 5천 원권 지폐일지도 모른

다.

"이모, 잠깐만요. 지은이랑 이야기해볼 만한 생각이 떠올라서요. 여기서 조금만 기다려주세요."

"응? 그래, 알았어."

마동군은 성지은을 데리고 밖으로 나왔다. 굳이 데리고 나온 이유는 윤승훈이 중고거래 사기를 치고 다녔는지도 모른다고 어머니에게 말하는 게 옳은지 아닌지 판단하기 어려웠기 때문이다. 이야기를 들은 성지은이 합장을 하더니 맞댄 손에 힘을 넣어 부들부들 떨었다.

마동군이 말했다.

"저번부터 묻고 싶었는데, 그거 뭐야? 합장하는 그거."

"집중하려고 하는 거."

부들부들 떠느라 목소리도 조금씩 떨린다.

"의식을 한 점에 집중하려고. 나, 항상 생각이 막 퍼져나가. 갈대밭에 불난 거처럼. 본 적 있어? 그런 거?"

"음. 아니."

"마술사가 종이에 불붙이면 확 타는 거는?"

"어쨌든, 그게 왜?"

"뇌에 시냅스가 서로 연결되는 거, 발화라고 불러. 근데 나, 생각의 불이 확 붙어버려. 여러 곳으로 막 퍼져. 거

미줄처럼. 그리고 방금처럼. 한곳에 집중하고 있으면 덜해. 생각이 안 퍼지고 빙빙 돌아. 한 점에 소용돌이처럼. 몸을 써서 한 점에 집중하면 나머지 요소요소는 의식의 자원을 균등히 나눌 수 있는 거. 원과 점 같은 거."

"뭐? 무슨 말을 이렇게 어렵게 해?"

"유클리드기하학에서 원의 정의."

"몰라."

"고정된 한 점과 같은 거리, 그러니까 반지름만큼 떨어진 점의 모임이 원. 원처럼 둥글고 안정된 상태로 의식을 사용하는 거. 다양한 일을 편견 없이 비교할 수 있는 거. 덕분에 머릿속에 있는 당장 필요하지 않은 쓰레기를 스크랩해서 버리고, 중요한 정보는 분리수거해서 스크랩하고."

"뭐라는지 하나도 모르겠어."

"그럼 가서 막대사탕 좀 사와."

"막대사탕은 갑자기 왜?"

"머리 쓰는 데 당분 필요하니까. 당 부족해. 뇌가 몸의 산소와 당분을 가장 많이 소비하는 신체기관인 거 몰라?"

"이모한테 물어볼게."

마동군이 슈퍼로 돌아가자, 못 보던 사람이 한 명 보

였다. 형광색 조끼에 제복을 입은 경찰이다. 세상과 일에 지친 대한민국 국적의 노동자 계급 중년 남성을 몽타주로 그리시오, 라는 과제가 주어졌을 때 그림 못 그리는 사람이 열심히 그린 그림처럼 생겼다.

"동군아, 아까 말했던 경찰분이셔. 삼호 씨, 친구 아들 동군이."

"안녕하세요. 마동군이라고 합니다."

"아이고, 덩치가 좋네. 이삼호예요."

손을 내민 이삼호의 생김새는 머리카락이 듬성듬성하고, 납작한 콧등과 코끝과 코 주변 볼이 국지적 알코올성 적면증으로 빨갛게 홍조를 띤 호빵맨 같았다. 살집 좋은 손은 폭신폭신해서, 악수하는 느낌이 부드러웠다.

"잠시만 실례할게요. 이모, 혹시 막대사탕 있어요? 추리하는 데 필요하다시네요, 탐정님이."

마동군이 막대사탕을 들고 다시 안채로 향했다. 그런데 바로 눈앞에 성지은이 있었다. 소리도 없이.

"으헉!"

"선물 땡큐."

성지은이 막대사탕만 채갔다.

"좀 평범하게 나타날 순 없냐? 노크도 안 하고 화장실

문 열면 안 되지."

"여기 화장실 아니잖아."

막대사탕을 입에 넣으며, 성지은이 말했다.

"돈통 좀 볼 수 있어?"

"돈통?"

"혹시 가끔 나타나서 담배나 껌 같은 거 사면서 옛날 5천 원짜리 내미는 사람 있지 않아?"

마동군도 끼어들었다.

"자기가 택시기사다, 뭐 이런 말 하면서요."

"그런 사람? 글쎄."

김창선이 생각에 잠겼다.

"있던 것 같기도 하고."

마동군이 기억을 더듬으며 '용의자'를 묘사했다. 분위기가 워낙 평범해 구체적으로 설명하기 어렵다.

"마스크 쓰고 다니고, 대머리이며, 덩치 작고, 살집이 조금 있고, 둥글둥글하게 생겼고……."

"아이고, 내가 범인인가? 딱 난데?"

이삼호가 껄껄 웃었다.

마동군도 그 사실을 의식하고 있었다. 너무 많은 사람이 해당돼서 누구라고 특정 짓기 어렵다. 구권 5천 원권이라는 기억에 남을 만한 요소가 있기는 해도 신원을 특정하는 데는 도움이 안 된다.

김창선은, 대머리인지는 아닌지는 후드를 푹 눌러쓰고 있어서 기억나지 않지만 가끔 동네에 자기가 택시기사라 잔돈이 필요하다며 구권 5천 원권을 내미는 사람이 있었다고 진술했다.

"잠깐만요. 지은아, 어쩌면 네가 찾는 거 나도 가지고 있을지 몰라. 집에 다녀올게."

마동군은 집으로 뛰어들어가, 기념으로 남겨둔 사례금 구권 5천 원권을 가지고 돌아왔다.

성지은은 가게에 남아 있던 구권 5천 원권을 꺼내 들었다.

"이 지폐에 단서가 있을 거예요."

마동군의 말에, 이삼호가 지폐 두 장을 받아들고 확인하기 시작했다. 두 지폐 모두 빛에 비춰 보고는 아닌 거 같다고 중얼거린다. 김창선도 따라 해보고는 고개를 갸웃한다. 지폐를 받아든 마동군이 불빛에 비춰 본다. 분명 초상화가 보인다.

확신을 잃은 마동군이 중얼거렸다.

"분명 여기에 뭔가가 있을 거예요. 이상한데, 이럴 리가 없는데. 어?"

"왜 그러는 거?"

성지은의 질문에 마동군은 자신 없는 말투로 이야기
했다.

"아, 그게, 일본 돈이랑 조금 달라서."

"뭐가 다른 거?"

마동군이 복제 방지용 반투명 초상화를 가리켰다.

"일본에서는 이거를 스카시(透かし)라고 부르는데."

성지은이 놓치지 않고 설명을 덧붙인다.

"영어로는 워터마크, 우리나라에서는 은화라고 해. 숨
을 은(隱)에 그림 화(畵)."

"일본 돈은 한가운데에 동그라미가 그려져 있거든? 거
기에 스카시가 들어가 있어. 잘 안 쓰는 2천 엔짜리에만
오키나와에 있는 슈레이몬이라는 문이 그려져 있고. 그
런데 일본은 지폐 오른쪽에 그려진 초상화와 가운데에
있는 스카시의 얼굴 각도가 똑같거든. 그래서 같은 쪽을
바라봐. 그런데 한국 돈은 반대로 초상화와 은화가 마주
보고 있어서, 그게 다르다는 생각이."

그 말을 들은 성지은이 갑자기 돈을 빼앗아 들더니, 빛
에 비추었다. 그러고는 상어가 먹이를 씹을 때처럼 막대

사탕을 와그작 깨물었다.

"왜? 뭐 찾았어?"

"아줌마, 지폐 종류별로 좀. 구권 5천 원권도 있으면 같이 좀."

김창선이 지폐를 가지러 간 사이, 성지은이 구권 5천 원권 지폐 두 장을 두 손에 들고 겹쳤다가, 나누어 나란히 놓아보았다. 마치 한 장의 지폐가 두 장으로 불어나는 느낌이 든다.

"만약 내가 위조지폐범인데 이렇게 분신술처럼 나뉘면, 당연히 붙잡힐 거. 그러니까 그냥 복사하면. 왠지 알아? 여기, 보여?"

성지은이 두 장의 지폐를 위로 한껏 들어올려, 마동군의 눈 위로 올려놓았다. 형광등 빛에 비친 지폐에 은화가 드러났다.

"무슨 말이야?"

"복제하더라도 다르게 해야 하는 게 있다는 거."

마동군은 두 지폐 속 네 명의 율곡 이이가 자기를 바라보며 비웃는 것처럼 느껴졌다. 눈을 감고 궁리하는데, 머릿속에서 율곡 이이가 만화 속 닌자처럼 분신술을 쓰는 광경이 우스꽝스러웠다. 완전히 똑같이 생긴 율곡 이

이가 펑펑펑 하고 연기를 뿜으며 늘어나는 광경.

그러다 문득 한 가지 생각이 스쳐 지나갔다.

"일련번호?"

성지은이 고개를 끄덕였다.

"그렇구나, 일련번호를 바꿔야 하는구나. 분신술 하듯이 그냥 복제하면, 한두 장이면 모를까, 일련번호가 같은 지폐를 수천수만 장 가지고 있으니 위험하니까."

"바로 그거야. 일련번호 읽어봐."

"왼쪽 지폐 일련번호는, 다자 13772366 다."

"오른쪽은?"

"오른쪽 지폐 일련번호는 라자 15772369 하."

마동군이 고개를 갸웃했다.

"잠깐? 이상한데?"

"그거 읽어, 하나씩. 나는 이거 읽을게."

일련번호를 가리키며 성지은이 말했다. 숫자를 하나하나 읽으라는 뜻인 듯하다.

"준비? 시작."

두 사람의 목소리가 동시에 울렸다.

"13772366."

"15772369."

"앞에서 세 번째 자리부터 다시."

"77236."

"77236."

"똑같다? 아니 잠깐. 우연일 수도 있지 않나? 게다가 왼쪽 빈 곳을 빛에 비추면 초상화도 보이잖아."

"이걸로 한번 확인해보자."

김창선이 가지고 온 구권 5천 원권 세 장을 내밀었다. 일련번호는 다음과 같았다.

가다 12634897 나

다다 77723652 마

다다 77723652 마

세 지폐를 모두 확인한 성지은이 말했다.

"일본 돈에 은화는 초상화가 똑같지?"

마동군이 지갑에 넣어둔 일본 지폐를 꺼내 비춰 보았다. 아까 이야기한 대로 얼굴 방향이 똑같고, 그림도 비슷하게 생겼다.

"그런 것 같은데, 왜?"

"한국 돈은 일본 돈하고 다른 게 방향만이 아닌 거. 초상화도 다른 도안 써."

"뭐라고?"

마동군이 구권 5천 원권 지폐를 비춰 보았다. 좌우가 반전되어 있기는 하지만, 디자인은 비슷해 보인다. 반면 신권 1만 원 지폐를 비추니 미묘하기는 하지만, 분명 다른 디자인이다.

"정말이네."

"이번엔 이거 봐봐. 이건 진짜 지폐."

성지은이 '가다 12634897 나' 5천 원권 지폐를 내밀었다.

"은화 도안이랑 곁면 도안이랑 초상화가 다르게 생겼어."

"정말이네."

성지은이 이번에는 '다다 77723652 마' 5천 원권을 내밀었다.

"이건 가짜. 좌우 도안이 똑같아."

"정말이야! 그런데 왜 하필 구권을 쓴 거지?"

"은선이 안 들어가는 구권이 복제가 훨씬 쉬웠겠지."

"가능성 있어."

이삼호가 쓴웃음을 지었다.

"실은 1994년에 '다'형 1만 원권은 다 소각해서 폐기처분 했단다. 여러 가지 소문이 돌아서."

성지은이 휴대전화로 검색하면서 말했다.

"어느 정도 가치가 있고, 자주 쓰이지 않아 의심도 덜 받는 지폐니까 조건을 모두 만족하는 최적의 지폐였겠지. 1983년 6월부터 발행을 시작한 '다' 구권 5천 원권도 마찬가지."

마동군이 성지은을 바라봤다.

"아니, 내가 궁금한 건 그게 아니야. 왜 굳이 자기가 잘못을 들킬 만한 단서를 남기는 거지?"

"전에 읽은 적 있어. 손끝의 느낌만으로 기계보다 정확하게 위조지폐를 구분해내는 한국 사람이 있는데, 미국 CIA 같은 데서도 강연할 정도래. 그 사람 말로는 모든 위조지폐에는 일종의 사인이 들어간대. 이게 내가 만든 위조지폐라는 표시. 어디에든 한 군데 정도는 위조지폐라고 암시되어 있어야 해. 보통 대부분의 나라에서 지폐 위조는 형이 무거운 거. 그래서 그 표시가 있으면, 똑같이 위조한 게 아닌 게 되니까 형량이 크게 줄어드는 거."

"그래서 스카시, 아니 은화도 다른 디자인을 쓴 건가?"

"그럴 수도, 어쩌면 아닐 수도. 아마 복제 자체가 안 돼서 하는 수 없었을 거. 빛이 비쳐야만 모습을 드러내기에 스캔이 불가능했을 거. 그래서 겉면에 새겨진 초상화를 그대로 좌우로 반전해 그대로 집어넣었고 결과적으로는 위조지폐 표시가 된 셈인 거."

"두익서점에도 연락해보자."

전화해 확인한 결과, 역시 위조지폐였다. 이 말을 들은 이삼호가 자리에서 일어나 모자를 쓰고 일어났다.

"이거, 가만히 앉아 있을 수는 없게 되었구먼. 일단 지구대로 가봐야겠어. 무슨 일 있으면 바로 연락 줄게요."

김창선의 인사를 받으며 이삼호가 자리를 떴다.

"그런데 이 위조지폐랑 승훈이랑 무슨 상관이 있는 거니?"

"아마 우리가 알아차린 이 사실을 승훈이 형도 알았을 거예요. 실은 위조지폐범과 승훈이 형은…… 중고거래를 한 적이 있어요. 그때 범인의 연락처를 알게 되었다고 한다면. 어쩌면 협박하려고 했던 것인지도 몰라요."

마동군은 이제 어떻게 해야 하는지 고민했다. 구권 5천 원권 위조지폐가 돌아다닌다는 사실과 위조지폐가 얽힌 거래에 자칭 택시기사와 윤승훈, 그리고 자신이 얽혀 있다는 사실만으로는 다음 행동을 결정할 수 없었다.

그 자칭 택시기사가 위조지폐범이고, 윤승훈의 실종과도
관계가 있을 거라는 심증은 가지만 말이다.

　단서는 그자를 찾으면 나올 것이다.

　문제는 어디서 찾느냐다.

2

　윤승훈은 전화를 걸었다.

　상대가 전화를 받았다.

　아무 말도 없다.

　윤승훈도 먼저 말을 하지 않고 기다렸다.

　침묵이 30초 정도 이어졌다.

　윤승훈이 먼저 움직였다.

　"77326."

　침묵.

　상대가 먼저 말을 꺼낸다.

　"……일단 만나서 이야기할까요? 얼마면 될까요?"

　"일단은 2백만 원, 박스에 담아서 와."

　"주소는 어디로……."

"장난 치냐? 그렇게 하면 내가 내 개인정보를 불 줄 알았어?"

윤승훈이 코웃음 친 뒤, 시내에 있는 카페 이름을 댔다.

"두 시간 안에 와라. 알아볼 수 있게 핑크색 모자 쓰고 와. 두 시간 지나면 경찰에 신고한다. 알아서 해."

두 시간 뒤, 윤승훈은 사람으로 가득한 프랜차이즈 카페에 앉아 초조하게 커피를 마시고 있었다.

혹시라도 공격해오면 바로 뜨거운 커피를 얼굴에 뿌릴 생각으로, 테이크아웃 커피잔의 플라스틱 뚜껑을 열어두었다.

가게 문을 열고 남자가 들어왔다.

"이번엔 진짜겠지……."

윤승훈이 중얼거렸다.

벌써 두 번이나 핑크색 모자가 프랜차이즈 카페에 들어와서 깜짝깜짝 놀랐기 때문이다. 이번에는 다르다. 핑크색 모자를 쓴 남자와 눈이 마주치자, 윤승훈이 살짝 손을 들어올린다.

핑크 모자가 턱짓으로 밖으로 나가자고 했다.

윤승훈도 일어나서 따라 나갔다. 대리인을 보낸 것이라 판단한 윤승훈은 인적 드문 곳으로 이동한 다음 손에

든 뜨거운 커피를 끼얹어 제압하고 정보를 캐내려는 마음을 먹었다. 그때, 등 뒤에서 엄청난 충격이 느껴졌다.

전기충격기.

온몸에 경련이 일어나 그대로 바닥에 쓰러졌다. 정신도 몽롱하다. 귀에는 어렴풋하게 대화 소리가 들린다. 두 명이었다.

"수고 많으셨습니다. 여기, 대금."

윤승훈은 그게 위조지폐라고 알리고 싶었다. 그러나 입이 움직이지 않았다. 돈을 받은 남자는 모자를 벗으면서 욕을 내뱉더니, 윤승훈의 스마트폰을 빼앗아 들었다. 윤승훈은 누가 자기 스마트폰을 빼앗아 가는지 보지 못했다. 전에 본 남자가 아니다.

"이 자식 핸드폰 아이폰이네? 이거 내가 챙겨도 되냐?"

"네, 네. 대신 옮기는 것 좀 도와주시면."

"알았어. 잠깐만, 귀찮으니까⋯⋯."

관자놀이를 발로 걸어차인 충격으로 윤승훈은 정신을 잃었다.

3

다음 날.

윤승훈 실종 일주일째.

새로봄안경원이 자랑하는 휘핑크림 올린 캐러멜마키아토가 식어가고 있었다. 마동군은 좌선하는 스님처럼 눈을 감고 생각에 잠겨 있었고, 그 옆에서는 합장한 채 성지은이 명상하고 있었기 때문이다.

윤수지가 걱정스레 말했다.

"이미 경찰이 개입했으니까, 동글이랑 지은이는 이제 그만두는 게 어때? 동글이는 재수 준비도 해야 하잖아."

"저도 그러고 싶기는 한데, 거의 매일 가는 슈퍼마켓에 그런 일이 일어난 거니까요, 그냥 넋 놓고 있으려니 공부도 집중이 안 되고."

합장을 한 채로 성지은이 중얼거렸다.

"당분과 지방과 카페인은 생각에 좋으니까. 마시고 해. 몸에는 안 좋지만."

이 말에 윤수지가 광고모델처럼 말했다.

"맛있게 먹으면 칼로리 제로!"

세 사람은 커피를 마시며, 우아한 시간을 보냈다.

사색의 시간을 장식할 오늘의 배경음악은 신비로운 아리아가 갑자기 댄스곡이 되고, 아주 낮은음이었다가 인간이라면 불가능할 정도의 고음으로 변하는 노래였다.

"신기한 노래네요."

"응? 동글이 이 영화 안 봤어?"

성지은이 말했다.

"1997년 영화 〈제5원소〉."

"뤽 베송 감독. 브루스 윌리스, 밀라 요보비치, 게리 올드만 주연. 이 노래 유명해. 가에타노 도니제티가 작곡한 가극 〈람메르무어의 루치아〉에 나오는 노래 〈Il dolce suono〉, '달콤한 속삭임'이라는 뜻인데, 플루트랑 대결하는 부분이라 엄청난 기교가 없으면 못 부르는 노래야. 이 노래가 중간에 〈The Diva Dance〉라는 노래로 바뀌고. 외계인 디바가 부르는 노래니까 〈The Diva Dance〉는 인간은 부르지 못하도록 작곡한 거. 너무 낮게, 너무 높게, 가끔은 소절을 너무 빠르게. 그리고 샘플링한 거. 처음에 노래 담당한 소프라노 인바 물라가 악보 받고 바로 웃었대. 음높이가 불가능하게 바뀌는 부분이 있으니까. 주연 배우 브루스 윌리스도 극 중에서 깜짝 놀라는데, 실은 그때 노래 처음 들어서 진짜 놀란 거. 그런데 요새는 80퍼센트까지 소화해서 부르는 사람이 나타난 거."

"뭐? 불가능하다며?"

"어느 정도 우회해서."

"우회."

"어차피 듣는 사람은 모르잖아."

"하긴."

잠시 침묵이 이어지다, 마동군이 불쑥 말을 꺼냈다.

"범인도 그랬을 거 아니야?"

"뭐가?"

"우회. 예를 들면 말이야. 프린터나 스캐너로 지폐를 막 복사하게 그냥 두려나, 나라가? 지폐 위조는 정말 큰 죄잖아."

"그러고 보니, 전에 지폐나 수표 같은 형태는 스캔이나 프린트를 못 하게끔 장치 안에 프로텍트가 걸려 있다고 읽은 기억이 있어."

"그럼 그런 프로텍트가 걸리지 않는 오래된 프린터를 사용해야 하지 않나?"

눈을 번쩍 뜬 성지은이 합장을 풀었다.

"그거다."

"그거?"

"그런 프린터를 이용하려면, 분명 오래된 중고 물건이 필요할 거야. 복합기나 스캐너, 프린터 구형에 대한 중고 판매 기록을 뒤져볼 필요가 있겠어. 잉크카트리지나. 애초에 다 쓴 정품 잉크카트리지를 수거해 잉크를 다시 담아서 판매하는 것이 재생 잉크야. 일종의 재활용 같은 거. 집이 고물상이니까 일단은 그런 거 구하는 사람들 이야기는 들은 적 있어."

"레이저프린터도 있잖아?"

"레이저프린터는 안 돼. 토너에 열을 가해 종이에 압착하는 방식이라 너무 두껍거나 우둘투둘한 데에는 인쇄할 수 없어. 잉크젯은 잉크를 뿌리는 방식이라서 종이가 두꺼워도 인쇄 가능하고. CD 표면에도 가능은 한 거. 하지만 보통 잉크 혼용이 안 돼서 프로텍트 없는 프린터를 구하지 않을까 싶은 거."

"무한리필 잉크 같은 것도 있잖아? 거기도 조사해봐야 하나?"

"대량 인쇄를 하니까 분명 이용할 가능성이 있지."

"카트리지 재활용이 되나?"

"그냥은 안 돼. 프린터 회사가 잉크카트리지에 칩을 넣어 프린터가 몇 장 인쇄했나 기록하는데, 잉크가 남아도 교체하라고 표시가 뜨게 되어 있거든. 그래서 그걸 초기화하는 칩을 이용해야 해. 그러니까, 자주 연락하는 단골은 기억하고 있을 거. 그 외에도 인터넷상 중고거래나, 고물상 같은 데에 연락하거나 했을 수 있으니까."

"새로운 방향이 보이기 시작했네."

"거 봐. 설탕과 지방과 카페인이 생각에 좋다고 했지?"

윤수지가 흐뭇한 미소로 둘을 바라보며, 휘핑크림을 흔든다.

윤승훈 실종 10일째.

그동안 명탐정 성지은과 조수 마동군의 정보 탐색이 이어졌다.

성지은은 지장 고물상의 인맥을 동원해 연락을 돌렸다. 컴퓨터 수리상, 고물상, 재생잉크 카트리지 업자한테 구형 프린터, 스캐너, 복합기, 잉크카트리지 등을 자주 거래하는 자가 있는지를 물었다. 그리고 계산을 현금으로 하려 들고 구권 5천 원권을 사용한 적이 있는지를 물었다. 일련번호의 특징도 전달해, 혹시라도 발견하면 주의해서 봐달라고 부탁했다.

또한 지장 고물상은 헌책방을 겸하고 있어 택배업자

와도 자주 거래하는데, 그 택시기사도 중고거래를 자주 했으니 분명 택배를 자주 이용할 것이라 예상해 수소문했다.

하지만 택배기사에게서는 정보를 얻기 어려웠다. 아무래도 용모가 평범한 편이라 기억에 남지 않았던 모양이고, 직접 얼굴을 보지 않고 배달을 마치는 경우도 많은 탓이었다.

매립지 멤버도 도움을 주었다. 실종된 사람을 찾으려고 마을 사람 모두가 합심해 온 산을 다 뒤질 때처럼 각자 활동하는 인터넷 공간을 샅샅이 뒤지면서 그럴듯해 보이는 자료를 찾았다. 그중에서도 템파가 힙합 커뮤니티에 성지은과 마동군이 조사한 자료를 퍼뜨려 큰 반향을 일으켰다. 템파는 UCC 동영상 사이트에도 자료를 공개했고, 음모론이나 괴담을 각색해 영상으로 만들어 돈 벌려는 사람들은 이를 콘텐츠로 제작해, 인터넷을 뜨겁게 달궜다.

덕분에 성지은의 SNS 팔로워가 20배 늘었고, 온갖 인간이 다이렉트 메시지로 시비를 걸어왔다. 진짜냐, 증거를 대라, 무슨 의도냐, 말도 안 된다, 같은 반응이 이어졌다. 심지어는 인터넷 신문에서 SNS의 다이렉트 메시지를 통해 인터뷰를 요청하기까지 했다. 물론 거절했다. 범인에게 정체를 들킬 위험이 너무 컸다.

윤승훈 실종 12일째.

또 다른 연락이 왔다. 역시 다이렉트 메시지를 통해서였다. 응답할지 말지 고민하다, 마나가 메시지를 보낸 계정을 알아보았다.

"알아?"

"네. 지연 언니라고, 아이돌 연습생이었어요."

"정말? 그럼 프로필 사진 이거 진짜야?"

마동군이 다이렉트 메시지에 보이는 섬네일 프로필 사진을 손가락으로 가리켰다. 닉네임이 '헤비메탈 퀸'이다.

마나가 화면 가까이 프로필 사진을 보며 고개를 끄덕였다.

"아이돌 연습생은 확실히 미인이긴 하구나."

마동군이 고개를 돌려 템파를 보았다.

"야, 템파. 다 알아."

"뭘?"

"우리 마나가 더 예쁘다는 말, 안 해도 나도 안다고."

"시끄러워!"

마나가 얼굴을 붉혔다. 얼굴이 빨개진 템파가 마동군의 어깨를 툭 친다. 마동군이 껄껄 웃는다. 동시에 매립지 안에서 오오, 하는 탄성이 울려 퍼진다. 템파가 더욱 얼굴을 붉히는데도, 상황을 이해 못 하는 사람은 성지은뿐이다.

"이 언니는 아마 오빠 또래일걸요? 아닌가? 두세 살 더 많나? 전문대 다니면서 아이돌 연습생 했는데, 갑자기 건설 쪽 일이랑 트럭 운전 일 같은 게 하고 싶다고 학교 졸업하면서 연습생도 그만뒀어요. 중장비 자격증도 따고."

"그래서 헤비메탈 퀸이구나. 중장비니까 헤비메탈."

"수상한 사람은 아니에요. 연락해보세요. 제 이름 대면 상대방도 안심할 거예요."

윤승훈 실종 13일째.

성지은과 마동군은 매립지로 모였다. 약속한 시간이 되어 성지은은 컴퓨터를 켜고 SNS에 접속했다. 옆에 앉아 화면을 지켜보던 마동군은 평소와 달리 활기차게 대화를 주고받는 SNS 속 성지은을 발견했다.

"인터넷에서는 강자구나."

"인터넷은 편하니까."

"아이디가 왜 노이만이야?"

"존 폰 노이만, 현대 컴퓨터의 아버지."

"노이만 설명하지 마."

마동군이 화면을 손으로 가리켰다. 약속한 시간이 되자 마나가 소개해준 헤비메탈 퀸의 메시지가 화면에 나타난다.

"오셨어. 시작하자."

"응."

성지은은 헤비메탈 퀸과 다이렉트 메시지를 주고받았다.

노이만: 안녕하세요. 정보 제공 부탁합니다.

헤비메탈 퀸: 네?;;;

노이만: 편하게 말씀해주세요.

헤비메탈 퀸: 아, 넵넵! 알겠습니당ㅋㅋ

헤비메탈 퀸: 제가 대학생 맨 처음 여름방학 때 시립 도서관 안에 있는 편의점에서 아르바이트를 시작했어요…….

헤비메탈 퀸은 도서관 내 편의점에서 근무하던 중 마동군이 말한 남자에게 스토킹 피해를 당했다고 한다.

계속 쓸데없이 자기 자랑을 해대서 기억하고 있는데, 태도 자체는 예의 바르고 겸손하지만 은근히 타인을 우습게 보는 것처럼 느껴지는 말투라 짜증이 났다. 자기가 아주 '스마트'하고 '클레버'하게 돈을 벌 것이라고 큰소리를 쳤고, 갖고 싶은 게 있으면 말하라고 끈덕지게 물어와 다른 아르바이트생이 끼어들어 구해준 적도 있다고 했다.

실제 범죄를 바탕으로 한 웹툰을 그려서 유명해질 것이라 했는데, 미대를 나와 디자인 회사에 다녔다고 자랑한 적도 있다. 자랑스레 보여준 노트 속 여자 그림이 헤비메탈 퀸과 너무 닮아서 소름 끼치게 만들기도 했다.

혹시 몰라 친한 도서관 직원에게 부탁해 도서관 카드의 주소를 메모해두었고, 동네 지구대에 신고하려고도 했는데 직접적인 피해를 입은 게 없다는 이유로 신고를 받아주지 않았다고 한다.

헤비메탈 퀸: 대강…… 이정도? 벌써 3~4년 전 이야기네 욕ㅋㅋㅋㅋ 도움이 되려나?…… (`ㅂ´);;;;;;

노이만: 큰 도움이 되었습니다. 감사합니다.

헤비메탈 퀸: 별말씀을요ㅎㅎ 꼭 잡아주세욧!!

노이만: 꼭 잡겠습니다.

헤비메탈 퀸: ;;;;;네…… 수고하세요~~

헤비메탈 퀸: 아! 그리고 나훈이한테도 안부 전해주세요!

노이만: 안부 전하겠습니다.

헤비메탈 퀸: 네;;;;

성지은과 마동군은 이제 어떻게 할지 고민했다. 경찰에 알리더라도, 정보를 얻은 루트가 문제가 있으니까 상대 안 해줄지도 모른다. 마동군과 성지은은 고민한 끝에 일단 헤비메탈 퀸인 지연에게서 받은 주소를 이삼호에게 알렸다. 결과는 성지은이 예상한 대로다.

"위에서도 위조지폐범이라 단정할 수도 없는데, 멀쩡한 시민 집에 갑자기 쳐들어가거나 잡아들일 수는 없다는 이야기를 했어요. 위조지폐를 사용하기는 했지만 그 사람이 만들었다는 증거는 없으니까요. 그리고 주소를 얻은 방법도 문제가 좀 있고."

이삼호가 전화를 통해 말했다. 고민하던 두 사람에게 또 다른 두 사람이 찾아왔다.

템파와 마나다.

"우리끼리라도 한번 가보는 게 낫지 않아, 형? 재밌을 것 같은데. 최소한 우리가 뭔가 단서를 잡고 나서 신고하면 경찰도 움직이지 않으려나?"

"굳이 잡을 필요는 없지 않아요? 오빠가 그 사람 인상
착의를 아니까, 가까이 가서 그런 사람이 살고 있나만 확
인하고 경찰에 신고하면 되지 않을까요? 지연 언니한테
그런 짓을 한 사람이 아직도 이 동네 살고 있으면 안심
하기 어려울 테니까요."

"위험할 수도 있잖아. 범죄를 저지르는 사람인데 흉기
가 있을 수도 있고."

마동군은 이모가 해준 이야기를 전했다. 합기도 5단인
본인도 칼 든 사람은 상대하지 않는다는 충고다.

템파가 말했다.

"보디가드를 부르는 건?"

"보디가드?"

"형한테 빚진 험악하게 생긴 사람 세 명 있잖아."

템파가 씨익 웃었다.

4

다음 날.

윤승훈 실종 13일째.

마동군은 헤비메탈 퀸, 지연한테서 얻은 그 주소로 향했다.

일부러 성지은은 데리고 오지 않았다. 상황 파악을 하는 데 조금 시간이 걸리는 성지은에게는 위험할지도 모르기 때문이다.

혹시 몰라 김창선에게도 연락하지 않았다. 물론 무술의 달인이지만, 친아들이 얽혀 있는 일이니 냉정함을 잃을 위험이 있다.

대신 템파와 세 명의 선배 래퍼, 고스트독, 크리블러드, MC빠가가 마동군과 함께했다. 다섯 명 중 네 명이 덩치가 크다. 문신도 있다. 지나가는 사람이 겁을 먹고 피할 정도였다.

본인은 전혀 모르고 있었지만, 한가운데에 선 마동군이 가장 덩치가 좋아서 두목으로 오해를 받고 있었다. 사실 틀린 말도 아니었다.

마동군, 템파 그리고 세 명의 래퍼는 모두 중무장 상태였다. 두껍지만 무게가 가벼운 격주간 만화 연재 잡지를 허리춤에 끼워 넣었다. 영화에서 본 '배 칼빵'을 방어하는 방법이다. 손도 보호하려고 정신과 분노의 방에서 가져온 목장갑도 꼈다. 안전모까지 쓰면 너무 튀어 보일 것 같고, 연장을 들고 나오면 나중에 문제가 생길 것 같아 목장갑만 빌렸다.

덕분에 모두 아주 수상해 보였다.

길을 따라 원룸 건물이 일렬로 늘어서 있었다. 왼쪽 직선으로는 큰길까지 이어져 있고, 반대쪽으로는 10미터 직진해 우회전 갈림길이다. 마동군 일행은 갈림길 구석에 숨어서 지켜보고 있었다.

모두 긴장한 얼굴로 바라본다.

해당 주소지를 실제로 보니, 차 두 대를 겨우 세울 수 있는 작은 주차장이 딸린 3층 건물이었다. 주차장과 건물이 만나는 곳에는 반지하방 창문이 있다. 밖에서는 안의 모습이 제대로 보이지 않는다. 비가 와도 침수되지 않게, 주차장이 살짝 기울어져 있다. 건물 앞에는 일방통행로가 하나 나 있고, 건물 바로 앞에는 쓰레기봉투가 아무렇게나 놓여 있었다. 사람이 많이 사는 것 같지는 않았다. 주소대로라면 반지하방에 그 택시기사 위조지폐범이 살아야 한다.

템파가 먼저 입을 열었다.

"어떻게 할까, 형? 일단은 지켜봐야겠지? 밖으로 나올 수도 있으니까."

"길이 좌우로밖에 없으니까 양쪽에서 막고 있는 게 낫지 않을까? 어차피 우리 얼굴도 모르는데 건물 앞을 지나간다고 의심하지는 않을 것 같은데."

고스트독, 일명 고독이 말하자 마동군이 고개를 끄덕였다.

"나오면 붙잡아 집 열쇠만 뒤져서 문을 열어보자고. 이모 아들이 거기 있을 수도 있으니까."

MC 빠가 말했다.

"설마 그 위조지폐범이 부하가 있거나 하지는 않겠지?"

"그런 일이 벌어지면 안 되겠지만 준비는 해야죠. 각오도 해야 하고."

템파가 자기 손바닥을 주먹으로 치며 말했다. 목장갑 때문에 푹 하고 힘없는 소리가 났다. 그리고 배에 감싸놓은 잡지를 두들겼다.

"쉿!"

마동군이 몸을 낮추었다.

남자 한 명이 모습을 드러냈다.

마동군은 한참 동안 눈에 힘을 주고 보았다. 미간에 주름이 잡히고 얼굴이 험상궂게 변한다. 남자가 쓰레기를

버리고 손에 쥔 담뱃갑에서 담배 한 개비와 일회용 라이
터를 꺼내 든다.

"아니야."

모두의 긴장이 풀린다.

"내가 가서 물어볼게."

"동군이 형! 잠깐!"

템파가 말리는데도, 마동군은 목장갑을 빼서 뒷주머니
에 찔러 넣고, 담배를 피우는 아저씨를 향해 저벅저벅 다
가갔다.

"아저씨, 말씀 좀 여쭐게요."

마동군을 보고 놀란 아저씨가 겁먹고 주춤거렸다. 이
때를 놓치지 않고 마동군이 '프리스타일 랩'을 시작한다.

"혹시 여기 반지하방에 사세요?"

"응? 아니. 저 방 빈 지 꽤 됐는데?"

"그래요? 얼마나 됐나요?"

"한 1년 되지. 내가 집주인이거든. 왜 물어봐?"

"아하, 집주인이시구나. 실은 제가 음악하거든요. 작업
실 준비하고 있는데, 위치가 괜찮아서 여쭤봤어요."

"아, 그래? 부동산에 물어보지, 왜."

"직접 발로 뛰는 게 안심도 되고 그래서요."

"어린 친구가 아주 확실하네."

마동군이 휴대전화를 꺼내 들었다.

"아저씨, 잠시만요. 작업실을 제가 혼자 쓰는 게 아니어서 그런데, 잠깐만 영상통화해도 되나요?"

"영상통화?"

노골적으로 싫은 표정을 짓는 아저씨에게 양해를 구하고, 마동군이 성지은에게 받은 감정분석 애플리케이션을 켰다. 그리고 통화를 시도하는 척 휴대전화를 들어올려서 아저씨의 얼굴을 애플리케이션으로 분석했다.

"왜 이리 안 받냐. 아, 맞다. 전에는 어떤 사람이 살았나요?"

"왜?"

아저씨가 의심하는 표정을 지었다. 감정분석 애플리케이션도 '혐오'와 '의심'의 감정이 높은 퍼센티지로 나타났다.

마동군은 급하게 둘러댔다.

"작업실로 쓰려면 벽에 방음재 같은 것도 붙이고 해야 해서 전에 쓰던 사람이 어떻게 썼나 신경 쓰이거든요. 깨끗이 안 쓴 사람 방에는 곰팡이 피고 그래서 방음재를 못 붙이거나 그러는 경우도 있어서요."

아저씨가 고개를 살짝 끄덕였다. 감정분석 애플리케이션에는 '공감'과 '이완'의 퍼센티지가 올라갔다.

"나이 좀 든 아저씨야. 택시기사라는데 맨날 집에만 있어서, 청소를 하도 안 해가지고 말이지. 이사도 갑자기 가버려서 집 치우느라 돈 좀 들었어."

감정분석 애플리케이션이 아저씨의 얼굴에 드러난 두드러진 감정을 분석했다. '짜증'과 '혐오'.

"갑자기 이사를 가요? 아저씨가 위에 사시는데도 모르셨어요?"

"그러니까. 밤에 몰래 이사를 했는지 없어졌어. 나중에 계좌이체로 돈 치를 건 다 치르고 갔으니까 상관은 없는데."

"이사를 그렇게 밤에 갑자기 할 수 있나요?"

"용역 불렀겠지? 정상적인 이삿짐센터가 아니라."

이 말이 적어도 높은 확률로 거짓말이 아니라는 사실을 확인한 마동군은 스마트폰을 집어넣었다.

"이상하네, 바쁜가 봐요. 룸메가 영상통화를 안 받네요."

"혹시라도 생각 있으면 저쪽에 부동산 있으니까 거기 가서 더 물어봐."

"아, 예. 알겠습니다. 고맙습니다."

마동군이 꾸벅 인사했다.

담배를 든 손을 살짝 올려 답례한 아저씨가 마지막 한 모금을 빨아들이는 사이, 마동군이 돌아와 들은 내용을 전달했다. 완전히 긴장이 풀린 일행이 허리춤에서 잡지를 빼냈다.

템파가 중얼거렸다.

"허탕 친 건가."

"모두들 수고 많았어. 일단은 해산."

마동군과 일행은 흩어졌다. 갈림길로 들어선 지 얼마 안 되어, 마동군의 휴대전화가 울렸다. 성지은이었다.

마동군은 감정분석 애플리케이션을 활용한 탐문조사 결과를 전했다.

성지은이 말했다.

"새로 얻은 정보가 있어."

지장 고물상으로 들어온 정보에 의하면, 유독 엡실론사에서 만든 M17 복합기 기종이나 주변기기, 부품을 찾는 의뢰가 많았다. 엡실론 M17 복합기는 상당히 오래된 제품이기는 하지만, 보급형으로 워낙 많이 퍼져 있어서 중고 물건이나 부품을 구하는 데 크게 어려운 점은 없다고 한다.

"이사 말인데, 용역회사 써서 밤에 도망친 거 아닐까 싶어. 야반도주. 일본에는 전문 업체도 있어. 한국에도 있나? 당숙한테 용역업체 쪽도 알아봐달라고 해줘. 특히 이사 관련으로. 그런데 좀 걱정인 게, 용역 중에는 조직폭력배나 다름없는 데도 있다던데. 용역 깡패니 철거 용역이니 하는."

마동군은 성지은과 매립지에서 합류하기로 약속하고 전화를 끊었다. 그런데 끊자마자 전화가 다시 울렸다.

이삼호였다.

"동군아."

이삼호의 목소리가 평소와 달리 다급하다.

"지금 당장 흑장미마트로 오렴. 창선 씨가 다쳤어."

5

김창선은 불안해서 일이 손에 잡히지 않았다. 평소처럼 웃으면서 손님을 맞이하려고 노력했지만, 손님조차 김창선의 표정을 보고 위로를 건네거나, 아예 아무 말 없이 물건값을 치르고 사라지기까지 했다.

손님이 들어왔다.

"어서 오세요……?"

손님은 구권 5천 원권 지폐를 두 장 내밀며 종류가 다른 담배 두 갑을 달라고 했다.

놀란 김창선이 고개를 들어 보니 마스크를 하고 있었다. 가슴이 쿵쾅쿵쾅 뛴다. 처음 영화 촬영장에 갔을 때, 처음 예식장 웨딩로드를 걸을 때, 병원에서 너무 나이가 많아 아이를 못 가질 수도 있다는 말을 들었을 때, 분만실로 들어갈 때, 심장이 터질 것 같던 순간처럼.

김창선은 상대가 눈치채지 못하게 등을 돌리면서 담배를 꺼냈다.

숨을 크게 들이쉬고 내쉬면서 담배를 계산대 위에 올려놓고, 슬쩍 현금출납기 옆에 붙여놓은 포스트잇의 숫자를 확인했다. 포스트잇에는 위조지폐의 일련번호를 확인하려고 미리 특징을 적어서 붙여놓았다. 일련번호에 77236이 들어간 구권 5천 원 지폐. 현금출납기를 조작하면서, 눈은 위조지폐의 일련번호를 읽었다. 분명하게 77236이 들어 있다.

카창, 하고 현금출납기가 입을 열었다. 김창선이 위조

지폐에 최대한 지문이 닿지 않게 안으로 집어넣은 다음, 거스름돈을 꺼냈다. 남자는 담배를 쥔 손으로 돈을 받으려 했다.

김창선이 한 손으로 계산대 너머 남자의 손목을 잡아 비틀었다. 합기도 기술이었다.

비명.

남자가 몸부림치는 사이, 손목을 잡아 꺾어 완전히 제압했다. 신경이 끊어지는 듯한 고통을 겪으며 남자가 발버둥 쳤다.

"내 아들 어디 있어! 말해! 내 아들 어딨어!"

"무슨 말씀이에요?!"

"시치미 떼지 마! 내 아들 승훈이 어디 있어! 말해!"

김창선이 팔을 더욱 비틀어 눌렀다.

"크헉!"

"승훈이 어딨어!"

"끄아아아악!"

고통으로 대머리에 식은땀이 송골송골 맺혔다. 김창선은 손으로 마스크를 벗기려 했다.

그때, 남자가 반대쪽 주머니에서 검은 물체를 꺼냈다. 스위치를 켜자, 불길하게 딱딱거리는 소리가 나기 시작했다. 전기면도기를 닮은 몸체에 작은 뿔이 두 개 나 있고, 뿔과 뿔 사이로 파지직 소리가 났다.

전기충격기.

두 사람이 동시에 비명을 질렀다.

마스크를 벗기려는 김창선의 손등에 전기충격기 뿔이 박혔다.

전기충격기가 번개를 뿜어냈다.

전기충격으로 몸에 경련이 일어난 김창선이 남자의 손목을 더 세게 비틀어 꺾었다.

비명.

전기충격으로 기절한 김창선을 그대로 둔 채, 남자는 낡은 스쿠터를 타고 도망쳤다. 가까운 곳을 이동할 때마다 매번 사용하는 이동수단이다.

남자는 바로 병원으로 치료받으러 갔다. 손가락 세 개가 골절되고 인대가 늘어나 한동안 안정을 취해야 한다고 진단받았다. 부목과 삼각대로 팔을 고정하고 소염진통제 처방을 받아 나온 뒤 병원 1층에 있는 약국으로 갔다. 자기가 만든 위조지폐로 처방약을 사고, 거스름돈으로 박카스를 사서 집으로 돌아가는 내내 남자는 눈물이 났다.

당장 필요한 자금을 확보하기 위해서는 위조지폐를 주고 거스름돈을 받아야 하는데, 일에 차질이 생겨버렸다.

남자가 아지트에 도착한 시각은 예정보다 한참 늦은 시간이었다.

아지트는 부엌 겸 거실 겸 복도가 딸린 오래된 스리룸 반지하 자취방이다. 안은 온통 쓰레기투성이라 쓰레기 저택이라 불려도 손색이 없어 보인다. 작은 창문에는 전부 방범창이 달려 있다. 방은 각각 침실과 창고와 작업실로 사용한다. 최근에는 작업실에 들어가지 않고 있다. '하청업자'를 구했기 때문이다.

6

이기적 골절과
이타적 무릎 통증

1

상상과 현실은 달라도 너무 달라 윤승훈은 스스로가 한심했다. 위조지폐로 힘을 얻으면 어머니로부터 독립도 가능하고 무소불위의 독재자가 될 것이라 상상했지만 현실은 달랐다.

목과 발목 주변이 전부 밧줄에 쓸려서 피부 껍질이 벗겨졌다. 목이 아프다. 발목이 화끈거린다. 목과 발목이 밧줄로 단단하게 묶여 매여 있다. 매듭이 단단한 데다가, 매듭 위로 순간접착체까지 발라져 여간해서는 풀 수 없다. 더군다나 목과 발목을 묶은 밧줄이 서로 연결되어 있어서 발을 움직이면 목이 졸리는 구조다.

짐승처럼, 죄인처럼 갇힌 윤승훈은 위조지폐범에게 붙잡힌 뒤로, 작업을 강요당하는 중이었다.

주요 작업은 지폐 겉면과 뒷면을 인쇄한 특수 용지 안쪽에 순간접착제를 바르고, 은화가 연하게 인쇄된 은색 종이를 붙이는 것이다. 이 과정을 통해 빛에 비추면 진짜 지폐처럼 은화가 보이게 된다.

지폐는 일반 종이와는 재질이 다른 재료로 만든다. 지폐 용지는 위조 방지 등을 목적으로 천에 가까운 면섬유를 사용해 만든다. 위조지폐에 사용한 종이는 실제 지폐와 비슷한 질감을 가진 특수 용지다.

범인은 먼저 진짜 지폐를 특수 용액으로 분리한 후 (지폐는 한 장이 아니라 여러 겹으로 붙여 만든다) 겉면과 뒷면을 구형 스캐너와 프린터를 이용해 특수 용지에 복제했다.

인쇄는 구형 프린터를 사용했다. 최근에 나오는 프린터에는 지폐 복제방지기술이 탑재되어 있어, 지폐와 비슷한 문양을 인쇄하려고 하면 오류가 나도록 되어 있기 때문이다.

다음으로는 반투명한 은색 용지에 좌우 반전시킨 초상화를 인쇄했다. 실제 은화는 스캔할 방법이 없어 지폐

겉면 오른쪽에 있는 초상화를 좌우 반전하여 집어넣은 것이다.

그리고 겉면과 뒷면 사이에 초상화를 인쇄한 은색 용지를 끼워 접착제로 붙이면 끝난다. 진짜 지폐라고 해도 손색이 없다.

이 과정을 한장 한장, 앞뒷면의 일련번호를 확인해가며 몇백 장을 붙여야 한다.

윤승훈은 작업을 마친 위조지폐를 형광등에 비춰 본다. 손으로 만져봐도 촉감이 비슷하고, 빛에 비추면 은화도 보인다. 벌써 몇백만 원이나 만들었는지 모른다.

접착제를 너무 많이 사용하거나, 면이 서로 어긋나서 만졌을 때 티가 나면 벌을 받는다. 접착제는 최대한 적은 양을 사용해서 어긋나지 않게 붙여야 한다. 그러려면 코를 박을 만큼 얼굴을 가까이 대고 작업해야 하는데, 방이 좁고 환기가 전혀 안 되어 있어 머리가 어지럽다.

지금이 며칠인지도 잊어버렸다. 반지하방이라 낮이나 밤이나 구분이 안 간다.

윤승훈은 짜증이 나 접착제를 내던졌다.

천장을 쳐다보며 한숨 쉰다.

천장은 곰팡이가 슬어 군데군데가 까맣고 지저분했다.

종이도 연필도 없는 상황이라 메시지를 보낼 방법이 없다.

방범창이 달린 반투명한 창문 밖으로 빨간 간판이 언뜻 보인다. 잡혀 올 때 언뜻 본 중국집이다. 영화 〈올드보이〉처럼 매일마다 저 중국집에서 사온 중국 음식을 먹는다.

지옥 같다.

이러다 살해당하는 건 아닌가 하는 생각이 스쳐 지나갔다. 괜히 눈물이 나려고 한다. 아직도 얻어맞은 관자놀이가 아프다.

코끝이 근질근질했다.

"엄마⋯⋯. 미안해⋯⋯."

그 순간 쾅, 하고 문이 열리는 소리가 났다. 깜짝 놀란 윤승훈이 또 얻어터질까 봐 황급히 눈물을 닦고 몸을 웅크렸다.

안으로 들어간 남자는 철문으로 개조한 작업실 문을 걸어찼다. 영화에서나 나올 법한 이 감옥 문에는 미닫이식 감시용 쪽문까지 달려 있다.

비명.

맨발로 쇠문을 걸어찬 데다가 반동 때문에 다친 팔도

충격을 받았다. 통증이 심했다. 안을 들여다보니 겁먹은 윤승훈이 웅크리고 있었다. 윤승훈은 곁눈질로 남자의 등 뒤에 있는 문 쪽을 바라보고 있었다.

눈이 마주친 남자가 소리쳤다.

"야! 저쪽 끝에 가서 대가리 박고 있어! 빨리 가서 박아! 원산폭격!"

윤승훈은 일명 원산폭격이라고도 불리는, 뒷짐을 진 채로 정수리를 바닥에 대고 엎드려뻗치는 자세를 취했다.

윤승훈은 목과 양발에 묶인 밧줄 탓에 어렵게 겨우겨우 자세를 유지했다.

성큼성큼 걸어온 남자가 원산폭격 중인 윤승훈의 옆구리에 전기충격기를 찔러 넣었다. 전기충격으로 쓰러진 윤승훈은 넘어질 때 목이 밧줄에 꼬여 조여진 탓에 숨이 막혀 컥컥거린다.

전기충격은 한 번으로 끝나지 않았다.

몇 번이고 전기충격을 가한 남자는 분이 안 풀리는지, 축구공 차듯 윤승훈의 배를 발로 가격한다.

남자도 반동 때문에 팔이 욱신거려 함께 비명을 내질렀다.

기침을 하며 거칠게 숨을 몰아쉬는 윤승훈을 놔두고

남자는 작업 중이던 위조지폐를 확인했다. 질은 괜찮은
지, 혹시라도 위조지폐에 조작을 가해 메시지를 넣는 게
아닌지 살펴본다.

확인을 끝내고 남자는 감옥 밖으로 나갔다. 그러자 크
고 메마른 철문 소리가 방 안에 메아리쳤다.

문을 잠근 남자가 쪽문을 열고 소리쳤다.

"작업 계속해! 내일이나 모레 이사 가야 하니까."

"그럼 저는······."

"넌 그 전에 팔아넘길 거야. 니 아이폰처럼."

"팔았어요?"

"아마 지금쯤 홍콩에 가 있을걸?"

쾅, 쪽문이 닫혔다.

윤승훈은 한참 동안 바닥에 웅크리고 있었다. 온몸이
욱신욱신 쑤신다.

다시 위조지폐를 만드는 작업을 하려고 무릎으로 기
어서 펴놓은 상으로 향했다.

무기로 삼거나 탈출할 때 쓸 위험이 있어서 싸구려 상
말고는 가구랄 게 없다. 상 옆에는 지폐를 인쇄한 특수
용지와 초상화가 인쇄된 은색 용지, 커터 칼, 가위 그리
고 접착제가 있다.

물건은 이게 전부다.

상 앞에 앉은 윤승훈은 다시 눈물이 났다. 얻어맞은 몸은 아픈데, 전기충격의 후유증으로 구토가 나려고 했다. 그리고 무엇보다, 마음이 아팠다.

몇 시간이 지났는지도 모른 채 시간이 흘렀다.

작업을 반복하는 윤승훈의 배가 꼬르륵 울렸다. 밥때가 지났는데 밥을 주지 않는다.

평소에는 하루 두 번 미닫이식 쪽문을 열고 그 틈으로 빵이나 중국 음식을 넣어주곤 했다. 위치를 들키지 않으려는 의도인지, 중국집 연락처가 새겨진 나무젓가락 포장은 벗겨서 준다. 그런데 오늘은 밥이 늦다.

배가 고파 어지러울 지경이다. 옆으로 픽 쓰러진 윤승훈은 주변에 쌓인 쓰레기를 멍하니 쳐다보았다.

2

마동군과 성지은의 수사는 계속 이어졌다.

최근 팔을 다친 사람이라는 단서가 추가되었지만 병원에 직접 찾아가서 알아볼 수는 없는 노릇이었다. 의료

기관은 환자의 개인정보를 보호할 의무가 있다. 경찰도 아닌 마동군한테 정보를 발설할 리가 없기 때문이다.

그래서 다시 동네를 수색해보기로 했다.

체력 좋은 마동군이 애플리케이션을 이용해 진실과 거짓을 판별해내면서 직접 현장을 돌아다녔다. 현금을 사용해야 하는 소매상이라면 가리지 않고 이용했을 것이라 생각한 마동군은 슈퍼마켓, 편의점, 중고물품 가게, 헌책방, 컴퓨터 수리 전문점 등 중소 규모의 자영업도 함께 돌았다.

그렇게 여덟 번째 가게를 돌고 나오는데, 휴대전화 화상통화가 울렸다. 성지은이다.

"이거 봐."

화면에서 성지은이 골판지 상자 조각을 들어올렸다. 갑자기 움직임이 생겨 버퍼링이 일어났다. 화면의 초점이 점점 맞아갔다. 물에 젖은 골판지에는 무슨 흔적이 남아 있는데, 글자 같다.

"화면이 너무 흐려. 그리고 화상통화하면 좌우 반전되어서 보인단 말이야. 뭐라고 쓰여 있는데?"

성지은이 내보인 골판지에는 다음과 같은 글자가 적혀 있었다.

'HELP目中国RED간판'

"헬프, 목, 중국, 레드, 간판. 아마 알파벳으로 쓴 'HELP'와 'RED' 그리고 한자로 쓴 '目', '中'은 글자 수가 적거나 획이 간단하니까 이렇게 적은 거. 골판지에 순간접착제 두껍게 발라서 쓴 거."

"도와달라, 보인다, 중국 빨간 간판?"

"그런 의미인 거 같아."

"어디서 났어?"

"폐지 수집 갔던 공동체 아저씨가 가져온 거."

"위치는?"

"정확한 위치는 기억 안 난대. 하지만 구역이 정해져 있으니까 범위는 더 좁힐 수 있을 거. 일단 탐문한 내용을 알려줘. 중국집 주변인 게 확실하니까, 탐문한 내용을 바탕으로 로드뷰로 간판이 빨간색인 중국집을 찾아볼게. 그리고 당숙이 야반도주를 도와주는 S서비스라는 용역 찾아냈는데, 이따 당숙이랑 같이 가볼 생각. 뭐 있으면 연락 줄게."

"무슨 미드 수사물 같다. 현장에서 뛰는 요원이랑 컴퓨터 전문 요원이랑."

"우리는 공권력이 아니니까, 무슨 상황이 벌어지든 간에 직접 개입하지 마. 삼호 아저씨한테 연락하는 게 좋을 거."

"알았어. 일단 그 중국집 주소 메신저로 보내줘. 갔다 와보게."

어쩌면 좋은 소식이 있을지도 모른다는 생각이 들어, 다리에 힘이 들어갔다. 갑자기 무릎 상태도 좋아진 것 같은 기분이 들었다. 벌써 어둑어둑해지기 시작한 저녁 골목길을 걸으며 마동군은 콧노래를 흥얼거렸다. 물론 〈아모르파티〉였다.

성지은의 오촌 당숙이자 현재 보호자이기도 한 무애 스님은 조수석에 앉은 성지은의 표정을 살폈다.

"지은아. 요새 재미있나?"

"응. 친구 사귀었어."

"유리 말고?"

"응."

"좋네. 요새 화두는 뭐냐?"

"쓰레기. 그리고 엄마."

"엄마?"

"응."

침묵.

지장 고물상의 승합차가 S서비스를 향해 달렸다. 운전하고 있는 무애 스님이 백미러로 힐끗 뒷좌석을 보았다. 승합차 뒷좌석에는 체격 좋은 무애 공동체의 일원이 네 명 앉아 있다.

노숙자 재활을 위한 공동체인 무애 공동체의 무애(無礙)는 무애 스님의 법명에서 따온 이름이다. 불교용어로 막히거나 거치는 게 없이 자유롭다라는 말이라서 과거에서 자유로워지고 새롭게 자립하자라는 의미를 담아 무애를 공동체의 이름으로 붙였다.

무애 공동체는 주로 지장 고물상을 중심으로 활동한다. 입이 거친 무애 스님은 평소 욕설을 섞어가며 공동체 구성원에게 이런 설법을 한다.

"이놈들아! 지장은 말이지, 석가모니께서 열반하고 남은 어지러운 말법 시대에 속세와 지옥에서 괴로워하는 우리 중생을 구원하고자 서원을 세우신 지장보살에서 따왔다. 지장(地藏)이란 무엇이냐, 본래 대지(地)의 자궁(藏)이라는 뜻인 산스크리트어 '크시티가르바'를 한자로 번역한 것이야. 에휴, 무식한 네놈들이 뭘 알겠냐. (일동 웃음) 알겠냐? 다시 말해 생활 쓰레기든 인간쓰레기든 다 재활용하는 게 우리 고물상이고 우리 공동체다. (일동 웃음) 우리 모두 여기서 재출발하자. 쓰레기는 단지 쓸모를 잠시 잃어버린 물건일 뿐이야. 쓸모를 정해 내일로 걸어가자. 알았냐!"

사정이 그러다 보니, 공동체 일원 중에는 과거 암흑가에서 지낸 사람도 몇몇 있다. 승합차 뒷좌석에 탄 네 명은 일종의 보디가드였다.

승합차 뒤에 탄 험상궂게 생긴 아저씨 한 명이 입을 열었다.

"S서비스 사장 이름이 뭐라 했죠, 스님?"

무애 스님이 이름을 대자, 아저씨는 손으로 턱을 만지며 생각에 잠겼다.

옆에 앉은 아저씨가 말했다.

"○○동 김 씨네 가게서 땅 지키던 꼬마 아냐? 그 왜 있잖아, 등에 여자 이름 문신 새겼다가 깨져서 그 위에다가 잉어 새긴."

성지은이 중얼거렸다.

"흑역사."

승합차는 S서비스 부근에 도착했다. S서비스는 용역일

뿐만이 아니라, 소위 흥신소가 하는 불륜 조사나 야반도 주까지 담당하는 회사다.

'신장 180cm 이상. 몸무게 100kg 이상. 무도 유단자 우대' 같은 구인 광고를 올려 각 지방에서 조직폭력배를 추종하는 이들을 끌어모았다.

시사 고발 방송프로그램에 나온 업계 관계자 인터뷰에 따르면 철거 용역과 같은 소위 용역 일은 주로 경호학과나 사회체육학과 출신 혹은 특수전사령부나 해병대 부사관 출신이 맡는다. 많게는 스무 명 정도까지 구성되는 '프리팀'이 '팀장'의 연락을 받아 동원되어 현장에 모여 일한다고 한다.

인원이 더 필요한 경우 현역 사회체육과나 체육대학 혹은 경호학과 재학생에게 일당을 주고 앞장세운다. 이들과 직접 접촉하는 '형님들'과 일을 연결하고 관리하는 팀장급 이상은 소위 기업형 조직폭력배로 불리는 건달에 해당한다.

이들은 문제가 생기면 보통 용역 개인에게 책임을 뒤집어씌운다. 개인이 '오버'해서 저지른 잘못이지, 회사 지시가 아니라는 변명을 댄다. 폭력을 쓰기는 하지만 조직의 연속성이 뚜렷하지 않고, 조직원이 수시로 바뀌는 특성 때문에 범죄단체 구성죄를 적용하기 어렵다는 점을 노린 것이다. 때문에 표면상으로는 소위 특수 폭력, 다시 말해 조직폭력배로 여겨지지는 않아 가중처벌은 면한다.

승합차가 S서비스 건물에 도착했다.

신분을 밝히고 사장실로 가는 데까지는 일사천리였다. 사장의 흑역사를 알고 있는 사람이 둘이나 있었기 때문이다. (그동안 성지은은 흑역사가 〈기동전사 건담〉라는 유명한 애니메이션을 만든 일본 감독 도미노 요시유키가 작품 〈∀(턴에이) 건담〉에서 처음 등장하는 개념이라는 설명을 무애 스님에게 이야기했고, 무애 스님은 "이 뭣고" 하며 흘려 넘겼다.)

사장 심철민은 〈신세계〉나 〈아수라〉 같은 영화에 등장하는 기업형 조직폭력배 같은 (영화였다면 이정재나 박성웅 같은 배우가 맡은 배역이 입을 만한) 스리피스 양복 차림새였다. 매일같이 관리받았는지 번들거리는 피부에 나른해 보이는 남자다.

선배에게 깍듯이 예를 보인 심철민이 무애 스님을 노려보며 입을 열었다.

"스님이 그 유명한 무애 스님이시군요. 한 10년 전에, 서울에서 주먹으로 이름 날리던 저희 업계 에이스를 하나하나 철거 현장에서 아작 내셨다는. 저희 업계랑은 상극인 분이신데, 어떻게 여기 찾아오셨습니까?"

"중생구제."

"제가 교회 다녀서 십일조는 내도, 시주는 안 하는데."

무애 스님은 그 말을 무시하며, 3층 건물 반지하방에서 야반도주한 사람이 있는지, 어디로 이사했는지 주소를 알려달라고 말했다.

"그걸 제가 왜 이야기해야 하죠? 고객 정보를 잘 관리해야죠. 요즘 같은 때에는."

"구권 5천 원권으로 돈 받은 적 있지?"

성지은이 갑자기 끼어들었다.

"꼬마 아가씨가 겁이 없네? 갑자기 무슨 말이니?"

"그거, 위조지폐. 아저씨, 속았어."

심철민이 눈썹을 꿈틀거린다.

근육이 풀려 다리가 나무토막처럼 느껴질 만큼 오랫동안 걸은 마동군은 세 번째 용의 후보지인 중국집으로 향하던 중 성지은한테 연락받았다. 성지은이 주소지를 말해주었는데, 마침 마동군이 향하던 곳 근방이었다.

"오케이, 잡았어!"

생기가 돌아온 마동군은 발걸음을 서둘렀다. 저녁 늦은 시간이라, 큰길가 인도에는 사람이 적었다. 차도에도 차가 드물다. 어느새 발놀림이 가벼워졌다.

그때, 등 뒤에서 상당히 빠른 속도로 차도를 내달리는 1톤 트럭이 마동군을 스치고 지나갔다. 마동군이 놀라며 반사적으로 인도 안쪽으로 물러난다. 사거리 신호등이 노란불이었는데 재빨리 지나가려다 실패해 신호에 걸린 모양이다. 정차한 트럭 꽁무니를 노려보니 'S서비스' 트럭이다.

피가 솟아오르는 느낌이 든 마동군이 바로 성지은에게 전화를 걸었다. 눈은 트럭을 응시한 채로 마동군이 휴대전화를 향해 말했다.

"그 용역회사 트럭을 찾았어! 지금 신호 걸려 있는데, 뒤쫓을게!"

"무리하지 마. 전에도 말했지만 우리는 공권력이 아닌 거. 너무 나서다가 다치면 큰일이야."

"오케이. 혹시 모르니까, 전에 깔아준 그 앱, 실행시킬 테니까, 녹음해줘."

전화를 끊은 마동군은 방금 말한 애플리케이션을 실행시켰다. 성지은이 예전에 직접 만든 애플리케이션이다. 혹시라도 붙잡혀서 휴대전화를 뺏기더라도 증거를 수집할 수 있도록 한 게 목적이다. 위치추적은 불가능하지만 주변 상황을 사진으로 찍거나 소리를 녹음하는 등 원격 조작이 가능하다.

신호가 파란불로 바뀌자 트럭이 다시 움직이기 시작했다. 마동군은 트럭을 따라 달렸다. 무릎에 살짝 위화감이 느껴진다.

"산다는 게, 다 그런 거지……. 인생 뭐 있냐, 아모르파티지."

서행하는 트럭을 마동군이 뒤쫓았다.

한편 성지은은 심철민에게서 1톤 트럭 한 대가 무단으로 반출되었다는 확인을 받았다. 반출한 자는 얼마 전 프리팀에서조차 쫓겨난 소위 꼴통으로, 상당히 거칠고 위험해 평판이 안 좋았다. 성지은은 이 사실을 이삼호에게도 알렸다. 이삼호는 그 주소로 바로 가겠다고 했다. 성지은이 사무실로 들어갔다. 무애 스님은 목탁을 두들기며 노래를 흥얼거리고 있었다.

"당숙, 아까 그 삼촌들 갔어?"

"아직. 왜?"

"느낌이 안 좋아서. 혹시 모르니까 가봐야 할 것 같아. 친구가 혼자 거기 갔어. 위험할 수도 있잖아."

"나무아미타불."

무애 스님이 목탁을 탕, 두들겼다.

3

어둠이 찾아온다. 곧 밤이 될 것 같다. 달이 모습을 살짝 드러낸다.

트럭을 쫓아온 마동군은 세 번째 후보지인 중국집 중화관을 찾았다. 분명 이 주변에서 육안으로 간판이 보이는 위치에 윤승훈이 있다. 트럭도 그곳에 있을 것이다.

얼마 지나지 않아 조금 전까지 뒤쫓았던 트럭을 찾아냈다. 근처로 가까이 다가가자 반지하방에서 불빛이 새어 나오고 있었고 사람 목소리도 아련하게 들려왔다. 뒤돌아보니 중화관의 빨간 간판이 언뜻 보였다.

"오띠모!"

들키지 않게 웅크린 마동군이 귀를 기울였다. 소리가 들려온다. 남자 세 명. 한 명의 목소리는 낯익다. 그 택시 기사라는 사람이다. 천박한 말투로 짜증스럽게 말하는 또 다른 한 명은 분명 S서비스 트럭을 몰았던 남자다. 나머지 한 명이 윤승훈인지는 확인할 수 없었다. 입에 재갈이라도 물렸는지 읍읍, 하는 소리만 들린다.

택시기사의 목소리가 들렸다.

"그만두셨다면서요. 깜짝 놀라서 급하게 짐 쌌습니다."

"그만뒀는데, 그쪽 조건이 좋아서 트럭 좀 빌려왔어. 얼른 다시 갖다 놔야 하니까 빨리 끝내자고."

"저기, 짐 옮기는 것까지 부탁드려도 될까요?"

"내가 옮기라고?"

"보시다시피 팔이 이래서."

마동군은 그 말을 듣고, 속으로 오티모! 하고 외쳤다.

제대로 말을 못 하는 사람이 윤승훈이 분명하다. 당장 성지은이 만든 애플리케이션을 이용해 메시지를 보냈다. 잠금을 해제하자마자 연속해서 다섯 번 탭했다. 손으로 그린 그림이 메시지로 전달되는 기능이 들어 있다. 말을 할 수는 없으니, 이런 식으로 메시지를 보내야 한다. 대신 자세히 그림을 그릴 수 없으니, 찾았다는 말끝 적어

보냈다.

"이 새끼 아직도 잡아두고 있었어?"

"팔아넘길까 하는데, 어디 적당한 데 없어요?"

"요새 사람 잘 안 넘겨. 장기만 떼면 모를까."

"장기라. 얼마쯤 하려나? 시세가."

"일단 빨리 짐이나 옮기자고. 엉? 이 새끼 왜 이래?"

"읍! 으읍!"

"신경 쓰지 마세요. 장기 뗸다는 말 들어서 놀란 모양
이니까. 일단 짐 옮기는 것부터 부탁드립니다. 짐은 일단
싸났어요."

마동군은 장기를 뗸다는 말에 소름이 끼쳤다.

이대로 두면 안 된다. 무언가 해야 한다.

"할 수 없지. 대신에 선금으로 내."

"여기 있습니다."

"또 5천 원권. 이걸 도대체 어디서 이렇게 구해 오냐? 짝
퉁이라도 만드나?"

"예?"

"뭘 쫄고 그래 새끼야."

젊은 남자의 목소리가 껄껄 웃었다.

"위조지폐라도 만들었으면 이런 데 살겠냐. 그리고 굳

이 5천 원. 할 거면 5만 원으로 해야지. 남자가 쪼잔하게."

"그, 그렇죠? 허허."

"으읍! 읍!"

그때 무언가 부딪치고 넘어지는 소리가 났다. 박스에서 돈다발이 쏟아져 나왔다.

"헉, 이거! 다 돈이잖아! 이 박스 다 돈이야?"

"읍으읍! 읍!"

"너, 가만히 있어. 이 새끼 재갈부터 풀고 이야기하자고."

윤승훈이 고함쳤다.

"저 새끼! 위조지폐범이에요! 위조지폐범!"

상자를 찢는 소리가 들렸다.

"이거 다 돈 아니야? 이 새끼가 장난치나, 너 앞으로 상납 꼬박꼬박 해. 안 그러면 경찰에 넘긴다?"

"저기요! 제가 어떻게 만드는지 알아요! 그러니까 저 좀 살려주세요! 어차피 저놈 팔 부러져서 지금 못 만들어요!"

"으악!"

위조지폐범이 비명을 질렀다. 부상당한 팔이 공격당한 모양이다.

"ㅇㅇㅇ."

마동군은 고민했다. 상황이 점점 복잡하게 꼬여가고 있었다.

　이대로 지켜봐야 하나? 아니면 개입해야 하나? 혹시라도 윤승훈에게 위해가 가해지기 전에, 끼어드는 편이 좋지 않을까?

　"잘됐네. 이 돈이면 심철민이도 제낄 수 있겠…… 끄아아아악!"

　전기 스파크가 튀었다. 쿵, 하고 묵직한 게 쓰러지는 소리가 났다. 밖에서 듣고 있던 마동군은 이모가 당했던 전기충격기를 떠올렸다. 버둥거리는 소리가 났다. 다시 한번 전기 스파크가 울렸다.

　"이 자식! 장기 떼기 전에 내가 먼저 지져주마!"

　"히익! 끄아아악!"

　"그리고 너 이 새끼! 상납? 용역 찌끄레기 새끼가 감히 누구한테!"

　전기충격기에 당한 두 사람이 소리를 질러댔다. 마동군의 고민은 점점 가속을 더해 깊어져갔다.

　큰일이다. 지금 끼어들어야 하나? 이대로 두었다가는 어떤 일이 벌어질지 모른다.

　욕설을 지껄이며 끙끙대는 위조지폐범의 목소리가 들

렸다. 밧줄로 사람을 묶는 모양새였다.

"에이 씨, 나 오토 말고는 운전 못하는데."

둔탁한 소리와 함께 윤승훈의 비명이 들렸다.

"윽! 살려주세요, 살려주세요."

"야, 너 운전면허 몇 종이야? 스틱 할 수 있어?"

"면허 없는데요."

다시 한번, 전기충격기가 번쩍였다. 비명.

마동군이 대문을 향해 달려갔다. 안쪽에서는 무언가를
뒤지는 소리가 들린다. 손잡이를 잡고 문을 살짝 열어보
니, 열렸다. 들어가자 철문으로 틈이 보인다. 방 안에서
위조지폐범이 USB와 외장하드를 챙기며, 바닥에 뿌려진
5천 원권 위조지폐를 배낭에 쑤셔 넣고 있다. 손에는 전
기충격기를 들고 있다.

"이야아아아아아!"

상대방을 놀라게 하기 위해, 마동군이 문을 쾅 열고 안
으로 뛰어들었다. 놀란 위조지폐범을 향해 고함을 지르
며 기선을 제압한 뒤, 발로 걷어찼다. 위조지폐범이 배낭
을 놓치며 벽으로 날린다.

마동군이 윤승훈에게 외쳤다.

"저기요! 저기요! 정신 차려요! 걸을 수 있어요? 윤승훈 맞죠?"

"예."

"으아아아아!"

고함소리에 놀란 마동군이 윤승훈을 밀치면서 뒤로 몸을 피했다.

위조지폐범이 돌진해왔다.

마동군을 스치며 위조지폐범은 자기가 달려드는 기세에 중심을 잃고 철문으로 돌진해 쾅, 하고 격돌한다. 얼굴을 일그러뜨리며 몸을 돌리는데, 한 손에 전기충격기, 다른 손에는 잭나이프가 들려 있다. 나이프는 용역이 가지고 있던 무기다.

위조지폐범이 마동군의 얼굴을 알아봤다.

"너, 전에 그놈이지? 어쩐지 자꾸 내가 다니는 데 얼쩡거린다 싶더니, 너 뭐야? 형사야? 건달이야? 왜 내 뒤를 쫓아!"

신경질적으로 행동하는 모습이 정상으로 보이지 않았다. 겁먹은 개가 이빨을 드러내며 더 크게 짖듯 사람도 마찬가지다. 물리적인 힘이 없다 보니 무기에 의존하고, 남이 자기를 공격할지 몰라 신경을 곤두세운다. 자존감이 낮으면서 자신과 화해하지 못한 사람은 아무렇지도 않게 남에게 해코지한다. 경쟁이 심한 예술을 하며, 그것도 유명한 아버지를 둔 외국인으로 지내야 했던 마동군은 경험을 통해 이 사실을 알고 있다. 그런 상대일수록 자존심을 건드려서는 안 된다. 일단은 자극하지 않아야 한다.

마동군은 팔뚝에 난 상처를 보았다. 피가 뚝뚝 흘러서 바닥에 널브러진 위조지폐를 적신다. 다행히 깊게 베이지는 않았다. 합기도 5단인 이모도 상대하지 않는다는 칼 든 사람, 그것도 흥분 상태의 범죄자가 눈앞에, 심지어 입구를 가로막고 서 있다. 긴장감이 이어지는 가운데, 윤승훈이 전기충격에서 덜 회복된 채 비틀거린다. 마동군이 몸을 날려 윤승훈을 데려오려 시도했으나, 위조지폐범이 더 가까이 있다.

무기를 들고 위협하니 별다른 방법이 없었다. 마동군은 벽 구석에 등을 대고 서 있다. 막다른 골목에 몰린 셈이다. 식은땀이 등줄기를 타고 흐른다. 위조지폐범이 돌진해오면 어떻게 해야 할지 판단이 서지 않았다. 무기가 될 만한 게 없나 필사적으로 주변을 둘러본다. 그러면서도 언제 공격해올지 모르는 위조지폐범에게서 눈을 떼지 못한다. 흥분한 상대에게 섣불리 덤벼서는 안 된다. 게다가 인질까지 있다.

위조지폐범이 윤승훈에게 칼을 들이댔다.

"야, 너! 가서 스쿠터 운전해. 팔이 이러니까 운전 못 하잖아! 정신 안 차리냐! 나 따라와서 스쿠터 운전하라고! 자전거는 탈 줄 알 거 아냐? 저 배낭 들고!"

"으으."

윤승훈은 위조지폐범이 시키는 대로 따랐다.

위조지폐범이 발을 질질 끌면서 뒷걸음질 쳤다. 정면 충돌하기보다는 철문을 닫아 아예 마동군을 가둬둘 속셈인 모양이다. 문을 열고 윤승훈을 밖으로 떠밀고는 자신도 밖으로 나갔다. 그리고 문을 닫으려 했다.

마동군은 바로 상대의 의도를 알아차리고, 몸을 날렸다. 철문이 쾅 닫히려는 순간, 마동군이 다리를 뻗었다.

격통.

마동군이 비명을 질렀다.

애플리케이션을 통해 비명 소리를 들은 성지은의 표정이 어두워진다. 전해진 소리는 증거로 삼으려고 전부 녹음하고 있다.

266

운전대를 잡은 무애 스님이 힐끗 곁눈질했다. 성지은은 합장하며 생각을 거듭하는 중이다.

"걱정 마, 별일 없을 거야."

"응."

승합차가 밤길을 달렸다.

달이 그 모습을 바라본다.

4

철문에 다리가 끼어 부상을 입은 마동군이 바닥에 쓰러졌다. 다행히 뼈가 부러지거나 하지는 않은 모양이지만 고통이 상상 이상이다. 바닥에 떨어진 (윤승훈을 묶었던) 로프를 주워 다급히 팔의 상처를 지혈하는 사이, 스쿠터 시동을 걸려고 애쓰는 소리가 들린다.

"야! 빨리 키 안 찾아? 시간 끄냐? 죽을래?"

"히익! 죄, 죄송합니다."

"빨리 찾아!"

마동군은 윤승훈이 시간을 끌고 있다고 직감했다. 겨우 일어나 절뚝거리며 밖으로 향한다.

한발 늦었다.

이미 스쿠터가 나아가고 있다. 한 발로 어떻게든 뛰어서 뒷좌석에 탄 위조지폐범의 배낭을 잡으려 했다. 그러나 스쿠터는 종이 한 장 차이로 더 빠르게 발진했다.

스쿠터가 달렸다.

위조지폐범이 뒤를 돌아봤다.

마동군과 눈이 마주쳤다.

웃고 있었다.

"젠장!"

마동군이 절뚝거리며 달리기 시작했다. 오래된 부상과 새로운 부상으로 양쪽 다리가 엉망이다. 그래도 달린다. 이를 악물고 달린다. 중심을 잃고 넘어질 뻔한 몸을 바로 잡으며 달린다.

스쿠터는 생각보다 속도를 내지 못했다. 사람도 두 명이나 타고 있고, 운전해본 적 없는 사람이 몰고 있어서다. 일부러 느리게 운전하는지도 모른다. 함부로 공격해서는 안 된다. 칼을 겨누고 있기 때문이다. 자칫하면 큰 사고가 난다. 오직 가방을 잡고 뒤로 잡아당기는 수밖에 없다. 그래야 범인만 따로 떼어놓아 제압할 수 있다.

마동군은 달렸다.

승합차가 위조지폐범의 아지트 앞에 도착했다. 삼촌들과 무애 스님이 내려 아지트를 확인했다. 핏자국을 발견했다.

마동군은 한계에 도달하고 있었다. 이대로 포기해야 하나 싶을 정도로 양쪽 다리가 아프다. 천만다행으로 위조지폐범이 큰길로 나가라고 소리를 질러도 스쿠터는 큰길로 나가지 않고 골목길을 달리고 있다. 운전이 미숙하니 큰길가로 나갔다가는 사고당할 위험이 있어서인 모양이다. 점점 거리가 가까워진다. 희망이 보인다. 스쿠터가 코너를 돈다. 조금 더 힘을 내 달린다.
갑자기 스쿠터가 사라졌다.

승합차가 어두운 골목을 달린다. 삼촌들이 달린다. 스쿠터를 찾아 수색을 펼친다. 성지은은 휴대전화를 귀에 가져다 댄 채로 주변을 두리번거린다. 마동군의 목소리가 들린다.
"스쿠터……. 헉…… 헉…… 어디 갔지?"

소리는 계속 들려왔다. 갑작스러운 내리막길로 사라져

스쿠터가 보이지 않았던 것이다.

내리막길을 내려다보며, 마동군은 스쿠터를 눈으로 좇았다. 발걸음을 떼려는데 문득 발이 무거워진다. 내리막길은 무릎에 상당한 부담을 준다. 이대로 달렸다가는 무릎인대가 다시 다칠지도 모른다. 한편 스쿠터는 내리막길이라 가속도가 붙어 더욱 빨라지고 있다. 위조지폐범이 뒤를 돌아본다. 비웃는다.

이대로 눈 뜨고 놓치느냐.

아니면 승부를 거느냐.

하늘을 본다. 새카만 하늘에 뜬 달.

"아모르파티이이이!"

마동군이 달렸다. 가속도가 붙어 몸이 중심을 잃고 앞으로 고꾸라질 정도다. 다리가 못 따라가면 이대로 넘어진다. 무릎이 비명을 지른다. 버텨줘. 제발. 마지막 힘을 짜내어 뛰어올랐다.

도약.

마동군의 그랑 쥬떼가 달빛을 뚫는다.

마동군이 가로등 불빛을 뚫는다.

가로등 불빛 스포트라이트 한가운데에 마동군이 있다.

시간이 멈춘다.

마동군의 입에서 한마디가 툭 튀어나온다.

"오띠모!"

마동군이 위조지폐범의 가방을 향해 손을 뻗었다.

가방끈을 잡았다.

다리에 힘이 풀렸다.

손은 놓치지 않았다.

바닥에 제대로 착지하지 못하고 그대로 굴러떨어졌다.

충격을 이기지 못하고 스쿠터도 넘어졌다.

윤승훈도 바닥을 굴렀다.

사방에서 발로 짓밟는 듯한 착각이 들 정도로 격통이 몰려들었다.

가방이 열렸다.

5천 원권 위조지폐가 꽃가루처럼 휘날렸다.

가로등 불빛이 스포트라이트처럼 위조지폐범과 마동군을 비추었다.

"끄아아아악!"

위조지폐범이 고통으로 몸부림쳤다.

칼이 바닥에 떨어졌다.

마동군의 안경은 또다시 박살이 나 바닥에 나뒹굴었다. 눈앞이 혼탁하다. 턱밑까지 차오른 숨과 온몸을 물어뜯는 격통으로 정신을 차릴 수 없다. 이대로 칼을 되찾게 해서는 안 된다는 생각이 머리를 스치고 지나갔다. 몸을 날리려는데, 무릎이 말을 듣지 않는다. 괴로웠던 과거의 순간이 되살아난다. 다행히 가로등 불빛 덕에 칼이 어디 있는지는 식별했다.

마동군은 상처 입은 팔로 기어서 다가갔다.

위조지폐범이 먼저 칼을 주워 들었다.

위조지폐범이 칼을 거꾸로 든 채 비틀거리며 다가왔다. 마치 영화 속 좀비처럼 움직임이 뻣뻣하다.

마동군은 일어나려고 해도 다리가 말을 듣지 않았다. 본능적으로 팔을 들어올려 머리를 감쌌다.

"이거 놔! 안 놔?"

윤승훈이었다.

위조지폐범의 허리에 매달린 윤승훈이 고함을 지르며 몸부림쳤다. 그러자 위조지폐범이 윤승훈을 향해 칼을 내리찍으려 했다.

마동군이 몸을 날렸다.

팔을 뻗어, 나이프를 막았다.

"끄아아아악!"

잭나이프의 예리한 칼날이 다시 한번 팔을 벴다. 다행히 동맥은 피했으나 통증이 마동군을 무력하게 만들었다. 뒤이어 전기충격기가 마동군의 의식을 집어삼켰다. 온몸의 근육이 경련을 일으킨다.

마동군은 쓰러지면서도 온 힘을 다해 발을 뻗었다. 위조지폐범의 정강이를 걷어찬다. 두 사람은 그대로 바닥에 쓰러진다.

온 힘을 쥐어짜내 마동군이 위조지폐범을 덮쳤다. 전기충격의 후유증으로 힘이 제대로 들어가지 않는다. 강하게 제압하지는 못한 채 가까스로 체중을 이용해 짓누를 뿐이다. 그럼에도 마동군은 포기하지 않았다. 이대로 놓칠 수는 없다. 나이프를 쥔 위조지폐범의 손목을 이빨로 깨물고 두 팔로 매달려 버틴다. 전기충격기를 든 팔에는 윤승훈이 매달려 있다. 힘이 빠진다. 마동군은 너무 지쳤다.

빛이 쏟아졌다. 갑자기 마동군의 이름을 부르는 목소리가 들린다.

"마동군! 뭐 하는 거! 정신 차려!"

성지은이 차창 밖으로 고개를 내밀어 소리 질렀다. 성

지은을 태운 승합차가 고개를 넘어 내리막길을 내달린
다. 헤드라이트 불빛이 위조지폐범의 눈을 부시게 만들
었다. 급정거한 승합차에서 내린 무애 스님이 목검으로
위조지폐범의 목을 내리쳤다.

"끄아아아아아악!"

소리를 내지르며 마동군이 위조지폐범 얼굴에 박치기
를 먹였다. 칼이 바닥으로 떨어진다.

무애 스님이 칼을 한쪽으로 멀리 차버렸다. 어둠 속으
로 칼이 사라진다.

승합차에서 내린 건장한 아저씨들도 달려들었다. 그중
한 명은 윤승훈이 괜찮은지 확인했다.

성지은이 다가와 말했다.

"마동군, 괜찮아?"

"너…… 누가 이름 그냥 부르래…….."

그동안은 대강 얼버무렸던 성지은이 방금 처음으로
마동군의 이름을 불렀다. 이 사실을 깨달은 마동군이 성
지은을 향해 농담을 던진 후, 미소 지었다.

"아파……. 온몸이 스크랩 다 됐어…….."

"걱정 마. 재활용하면 되는 거."

상어같이 삐죽삐죽한 이를 드러내며 웃는 성지은의

'죽은 눈'에서 뜨거운 눈물이 뚝뚝 떨어졌다.

"다행이야…….다행이야……."

"울지 마…….애플리케이션으로 감정분석한다?"

"이건 프로그램 따위로 분석 못 하는 거."

5

상황이 종료된 뒤에야 이삼호의 순찰차가 도착했다. 영화에서 그렇듯 경찰은 항상 늦게 도착하는 모양이다.

성지은의 애플리케이션 덕분에 녹음한 내용은 안전하게 저장되었다.

마동군은 금방 건강을 회복했다. 어머니에게 물려받은 강인한 체질 덕인지도 모른다. 대신 두 팔뚝에 길게 흉터가 남을지도 모른다고 한다.

해외 촬영을 마치고 돌아온 아버지 마리아노는 아들의 모험담을 듣고 시나리오를 쓰기 시작했다. 영화화되면 아들과 함께 출연할 계획을 세우고 있다.

윤승훈은 가게 일을 돕고 있다. 이제 헛된 생각을 품지 않았고, 어머니에게 반발하지도 않았다.

마동군이 퇴원하는 날, 템파에게 초대권을 받았다. 고스트독, 크리블러드, MC빠가와 함께, 템파가 크루를 짜서 홍대에서 공연을 시작했다고 한다. 마나는 백댄서 팀에 들어갔다. 믹스테이프를 만들며 가사 쓰기에 여념이 없다고 한다.

윤수지는 마동군이 완전히 건강을 회복하자, 안경을 새로 선물해주었다. 마동군은 끝까지 고백하지 못했다. 실은 휘핑크림을 별로 좋아하지 않는다고. 덕분에 여전히 휘핑크림을 얹은 다디단 커피를 마신다.

모든 사건이 다 정리된 뒤.

황금빛 노을이 새로봄안경원의 커다란 쇼윈도로 쏟아져 들어와 진열대 안 안경테를 하나하나 어루만진다. 은은한 음악도 부드럽게 물결쳐 진열대 옆 테이블을 둘러싸며 앉아 있는 두 사람을 간지럽힌다. 마동군과 성지은이 오늘도 차를 마시고 있다.

조금 전까지 성지은의 엄격한 과외를 받느라 마동군은 정신이 없었다.

"수학이 그래서 어떻게 대학 갈래?"

성지은이 말하자 마동군이 머리를 긁적였다.

두 사람을 바라보며 윤수지가 웃었다.

새로봄안경원의 문이 열렸다. 등 뒤로 길에 정차시킨 연예인 밴이 보인다. 그리고 연예인이라 불러도 손색 없어 보이는 화려한 옷차림을 한 여성이 안으로 들어온다. 커다란 선글라스가 얼굴의 절반 가까이 가릴 정도로 머리가 작다.

여성이 물었다.

"저기, 혹시 여기에 마동군이랑 성지은이라는 분 계신가요? 저는 셰리 던이라고 하는데요."

여성이 선글라스를 벗었다. 미인이다.

마동군이 자리에서 일어섰다.

"셰리 던……?"

성지은이 말했다.

"수납공간 매니지먼트 컨설턴트인가 하는 이상한 부업을 하는 영화배우."

셰리가 눈썹을 찌푸리며 성지은을 노려보았다. 성지은도 지지 않고 '죽은 눈'으로 쳐다보며 이를 드러낸다.

셰리가 겁을 먹고 잠시 물러섰다가, 헛기침하며 준비한 대사를 던졌다.

"아버님 소개로 부탁드리고 싶은 일이 있어서 찾아왔

는데요."

새로운 분리수거가 시작되었다.

'터미네이터' 하면 떠오르는 영화배우 아널드 슈워제네거의 보디빌더 전성기 시절 사진 중에는 그가 보통 사람의 다리만 한 팔뚝을 우아하게 펼치고, 트레이닝복 바지가 터질 정도로 두꺼운 다리를 구부리며, 발레리나가 지도하는 대로 동작을 취하는 모습도 담겨 있습니다. 다큐멘터리 영화 〈펌핑 아이언〉에서 아널드 슈워제네거가 보디빌딩 포즈를 연구하기 위해 발레 스튜디오를 찾아간 장면을 찍은 사진이지요.

제가 한창 역기 드는 재미에 빠져 보디빌딩 책을 읽으며 매일 체육관을 드나들던 중학생 시절에 그 사진을 처음 보았습니다. 그 뒤로 지금까지도 기억 속에는 그 사진이 선명하게 남아 있지요.

그 사진을 보기 전까지만 해도 아널드 슈워제네거는 타고나길 비만에 두꺼운 체질이라 보디빌더가 될 꿈 자체도 꿔본 적 없는 제게 보디빌더의 이상형과 같았습니다. 그저 영화 속 특수효과나 조각상처럼 현실감이 없는 존재였지요. 완전히 턴아웃되지 않아 구부린 다리를 마름모꼴로 꺼벙하게 벌린 채, 거대한 팔을 어떻게 우아하게 뻗어야 할지 어쩔 줄 몰라 하는 사진 속 아널드 슈워제네거는 어딘지 모르게 친근하면서도 어떤 분야든 도전하며 열심히 노력하는 사람으로 비쳤습니다.

나도 뭘 하든 저렇게 열심히 살아야지!

물론 진짜 입으로 말하지는 않았지만 저는 무의식중 마음 한구석 어딘가에 그 말을 담아두었었나 봅니다. 그래서 머릿속에 남아 있던 이미지를, 제 나름의 도전작인 『죽은 눈의 소녀와 분리수거 기록부』에 반영하게 되었는지도 모르겠네요.

제가 이 작품을 쓰기 전까지만 해도 발표한 소설은 주로 SF, 호러, 스릴러, 하드보일드 장르에 속했고 하나같이 무겁고, 괴기하고, 엄청나게 폭력적이었습니다. 오죽

하면 대학 동기에게 책을 선물하고 들은 감상이 "너무 무서워서 다 못 읽었다"였지요. 그래서 저는 다른 이에게 선뜻 읽어보라고 권하지는 못하면서도, 더 많은 사람들이 제 글을 읽어주면 좋을 텐데, 하고 아쉬워하던 차였습니다. 때문에 이 작품은 가볍고, 발랄하고, 유쾌한 작품이 되기를 바라며 썼습니다. 마치 아널드 슈워제네거가 발레에 도전했듯이요.

나오기까지 우여곡절이 조금 있었습니다. 제가 이 책의 초고를 쓴 시기는 2017년 10월부터 2018년 1월까지였는데 4월에 본래 분량의 20퍼센트 정도를 삭제하고 손보는 대대적인 수정이 이루어졌지요. 이제 여러분의 손에 이 책을 전하게 되어 아주 기쁩니다. 지은이도 동군이도 같이 어울리기에는 조금 까다로울 수도 있지만 아주 재미있는 친구들이거든요. 그래서 여러분에게 꼭 이 친구들을 소개해주고 싶었습니다.

재미있게 즐기셨기를 혹은 즐기시기를 바랍니다.
오띠모!

2019년 겨울
손지상

281

죽은 눈의 소녀와 분리수거 기록부

© 손지상, 2019

초판 1쇄 인쇄일 2019년 12월 20일
초판 1쇄 발행일 2019년 12월 30일

지은이   손지상
펴낸이   정은영
편집   안태운 김정은 정사라
마케팅   이재욱 최금순 오세미 김하은
제작   홍동근

펴낸곳   (주)자음과모음
출판등록 2001년 11월 28일 제2001-000259호
주소   04047 서울시 마포구 양화로6길 49
전화   편집부 (02)324-2347, 경영지원부 (02)325-6047
팩스   편집부 (02)324-2348, 경영지원부 (02)2648-1311
이메일   neofiction@jamobook.com

ISBN 978-89-544-4196-4 (03810)

이 도서의 국립중앙도서관 출판시도서목록(CIP)은 서지정보유통지원시스템 홈페이지
(http://seoji.nl.go.kr)와 국가자료공동목록시스템(http://www.nl.go.kr/kolisnet)에서
이용하실 수 있습니다.(CIP제어번호: CIP2019051849)